U0069760

AQUARIUS

AQUARIUS

AQUARIUS

AQUARIUS

每個人心中都有一座島嶼，

藉文字呼息而靜謐，

Island，我們心靈的岸。

嘎啦

姜泰宇（敷米漿）著

目錄

第一部

第二部

第三部

諸比丘！灰河兩岸，諸守獄者，見彼罪人，即前問言：「汝等今者欲得何物？」時，彼罪人，同聲答言：「我等甚飢！我等甚飢！」

——《起世經．地獄品》

第一部

（一）炸橋

牟常在倒臥山邊過道上，本來想穿過草地繼續往前，奈何腿腳真的不聽使喚了。小時候偷打隔壁嬸子的菜也這麼跑。後來沒跑過國民政府拉人，得跑給鬼子追。這幾天下來，先跑給泥水，同鄉的二馬說，往上、往上。只有往上才能跑過泥水，晚個幾步都會讓泥水一窩腳[1]踹上來。牟常在是親眼瞧見泥水直接蓋過後面的那個兵，太快了，連那是誰都沒仔細瞧見人就「啪」地一聲沒了。

誰知道橋會莫名炸了呢？

身上小包帶的乾糧就要歸一[2]，也沒見著後面有補給跟上。二馬憑萬琛斜著烤熟的螞蚱一樣楞楞地看著天。天是灰的，讓人渾身不舒坦。大寶頭傻楞楞地就在二馬旁邊不遠放水，二馬「蹬」

一下起身，給大寶頭一耳屎[3]。大寶頭摸著腮幫子笑了，好似沒有什麼讓他不自在。牟常在從水壺裡頭倒出水，帶泥的，往頭盔倒。那猴兒鬼[4]靠在樹旁只露出個眼睛，燒火。

二馬瞧見大寶頭眼睛直直盯著所剩無多的乾糧，趕緊一把將乾糧收進懷裡，一伸腳又要往大寶頭身上踹去。大寶頭躲躲閃閃，好險沒有踩進火裡。還在笑。

「前面沒村子。」潘子身子從前面路上出現，一開始是光著的腳，然後是破爛爛的發黑的軍服，槍還牢牢掛在肩上。聲音先過來的時候，牟常在咬著沒滋沒味、泥水泡開的乾糧，覺得這燒火的煙特別肅殺。潘子是寧波人，卻講得一口京片子，整個人極為高大，槍不離身。問他還剩下幾個子兒，他也不說。大寶頭把剩下的乾糧味泥水喝乾，每個人都不想動了。除去那個莫名跟著的猴兒鬼，或者抱著腿靠樹癱著，或者像二馬一樣縮著身子螞蚱躺地上。猴兒鬼不見人影，也沒什麼

1 貴州方言，一腳踹上肚皮。
2 貴州方言，沒了。
3 貴州方言，一耳光。
4 像猴兒一樣的小孩子。

人張[5]他。大寶頭可能是沒吃飽，嘴巴喃喃唸著刀削麵、燜麵、豆角。都給喊餓了。沒有過很久，猴兒鬼用上衣端著一塊不知道什麼東西回來，扔進有一層泥作底的頭盔裡，瞪大了眼睛看著。二馬上前看去，發覺剩下的湯水都讓大寶頭喝乾，氣不打一處來舉腳又要來幾下，好險讓潘子攔住了。

應該是肉，還挺香的。也沒人問究竟是什麼肉，反正問也問不出。猴兒鬼基本就不會說話，整天蒙著臉。好像是這些人逃難的第二天吧，默不作聲就跟在四個人的身後。二馬也沒說什麼，第一天身上還有些罐頭，那時沒人想過會這麼逃遠，二馬招呼了猴兒鬼一起來。他倒也不客氣，撈了一碗坐得遠遠的就吃了。猴兒鬼倒也沒什麼不好，會幫忙生火，還會找到水。泥水。這麼一來幾個人也就不怎麼關心多了一個人跟著，反倒他心熱，想幫潘子拿槍，被潘子訓斥了一大頓，也不知道聽沒聽懂，之後有一些時間倒是躲潘子遠遠的。

抱著膝蓋靠著樹窩著好一下子，牟常在也躺下了。大寶頭還在一旁喊著山西的麵食，潘子站在路的那一邊，笑著說：「幾個不管死活的。喝飽了賴躺著，咱們跟隊伍走散了也不著急點。」隨後轉向大寶頭，從上衣口袋拎出了一根菸：「我剛參軍那會兒，哪有遠征軍這邊的好伙食，餓得我都短了幾公分。」

潘得勝說，論伙食還是咱遠征軍好，美國給的C口糧[6]，牛肉的，一天一個，還有茶葉、香菸、什麼維他命片。牟常在舔了舔嘴唇，想起了茶葉泡開來那有點澀澀的帶著苦味的衝擊感，總讓自己感覺像極了固體的吞嚥。摸了摸胸口袋裡的香菸，省著點，牟常在對自己說，不知道何時才會跟部隊會合，補給什麼時候到。省著點。潘子習慣性放哨，不到下半夜不會搖醒其他人。等到自己被搖醒的時候，摸了摸懷裡，刺刀還在。這一天夜裡沒有月，星星的光度不至於能夠亮人的眼，所以踩到了大寶頭，他咕噥了一聲繼續躺。牟常在摸了摸懷裡的刺刀，眼睛想盯著大寶頭魯明寶的脖子，但是看不清。

是真的看不清啊。

●●

5 貴州方言，理會的意思。
6 可以即食的罐頭。

「你他媽都什麼時候了還寫啥督導日誌？」

潘子湊過來瞄了牟常在一眼，鼻子噴氣。潘得勝臉上有個長長的疤，從左眼下到唇邊，說是哪一次行軍被一棵怪樹割了。怎麼看都像是被刀劃過，但是看破也不說破，省得潘子丟嘴[7]。晨早起來準備動身，潘子說咱要是沒法子跟大部隊會合，得往紅河去，或者往蒙自機場，他有消息，咱要準備撤退了。大寶頭問潘子什麼撤退，撤退去哪裡，潘子也說不清。總之就是往蒙自去，元江炸橋了肯定是退不回，得繞一大圈。

二馬不知是否病了？起了早，或者說最後一班哨是他站的，一臉悶悶。泡開了乾糧吃了一頓，大寶頭還想多吃，被二馬訓斥了。二馬說過最早收到餅乾那會兒，有人不知好，一口悶了太多餅乾，水灌下去整個腸子都擠壞了不說，還吐光光。牟常在摸摸懷裡的刀，起風了，黃沙滾滾來。滇南冬天還是沁得發寒，雖然這幾日暖，但漸漸往山裡去，是有點涼意。下意識再次看看大寶頭的脖子，卻感覺更涼了一些。

猴兒鬼在這個小隊伍的最前頭，牟常在雖不在意，卻總覺得這猴兒鬼是不是有意無意地在帶路。可曾知道蒙自在哪裡？牟常在將手裡的本子收好，嘴裡咬著筆蓋，珍而重之地收起來。本子封面寫著：九十五師四一四團督導日誌。牟常在心裡總想，要是回去跟部隊會合了，本子還是得讓師長看過。風是呼呼地吹著，潘子走在最前頭。看起來像是土著的猴兒鬼跟在旁邊，像在嗅聞什麼，再來是大寶頭，二馬。牟常在走最後。

牟常在楞了一下，突然想起來，猴兒鬼似乎不是突然跟在身後才對。泥水沖來的時候身邊只剩下二馬，逃著就見著了也拎著隔壁連的魯明寶。本來是仨一起的，好似潘子、不知道哪一師的潘子湊來一起，那時候便帶著猴兒鬼。馬的吃食都不夠了，想這個幹哈咧？牟常在甩甩頭，伙食是確定不夠了，也不知道潘子的槍裡還有沒有子兒，但一月份這個時候，走了這麼會兒也沒看見啥野味，連個狍子都沒有，潘子就算有子兒，也不知道該打啥好。風呼呼地吹。眼前那片林子走了大半早上，卻好像走不到。除去風聲之外，倒是什麼聲音都沒有，只有喘息聲，還有大寶頭叨唸著腳磕得疼。大水來時，大寶頭的鞋興許是給沖掉了，或者是自己給扔了。

疲憊流逝後，只剩下痲木。痲木這兩個字裡頭都是木，都是林子，牟常在想著，怎麼這林子這

7 貴州方言，丟臉。

麼多呢？

●●

幾個人在林子邊緣躺下。

暫時不進林子，晚了林子裡多長蟲[8]，瘴氣也深。牟常在與魯明寶走進了林子撿拾柴薪，即將入夜不知為何，有些濕。大寶頭抓撿著地上的柴薪，牟常在撈出單刀，劈喳劈喳砍了些木枝，終究比地上的柴薪乾燥些。手有些無力啊牟常在咕噥著。大寶頭大聲說著，咱們副團長是他隔壁村的，若是跟大部隊會合，他可以拿到好多吃的。牟常在劈著樹，一邊回想，副團長究竟叫啥名字。好像是譚忠吧？劈著劈著，左後方突然傳來聲響，大寶頭在前面杵著，於是牟常在轉過身去看了眼。

安靜極了。

所有東西說好了這一瞬間閉嘴，惡作劇一樣讓牟常在打了個冷顫。緊了緊手裡的刺刀，左手一撈把所有木枝夾在腋下，怕不是這林子裡有老變婆[9]吧？牟常在催促著魯明寶，兩人也不管柴薪撿的夠不夠，快步帶跑往林子外。大寶頭一臉疑惑，哈戳戳[10]問著，咋不多拿點？牟常在也不知如何解說給他，便吼道，你譚忠團長讓你趕緊出去！大寶頭這才樂意了，抓著柴薪就跟著歪歪倒倒跑了起來。

一出林子，才發現二馬跟潘子強起來了，二馬倒在地上。

「等一哈，你倆幹哈！」

牟常在將薪柴一拋，急忙衝上去攔著潘子。

潘子大吼：「這ㄚ的鬼打胡說，我不搥他！」

好不容易將潘子拉開，他魁梧的身子坐在二馬肚皮上，也不知道搥了多少拳頭。潘子歪躺著喘氣，二馬則四仰八岔看著天，側過身子吐了口牙。不遠的林子像旁觀者，這幾個飢餓的、臭酸的、蓬頭垢面的漢子一下子不知道該怎麼辦。猴兒鬼不在，興許是被嚇著了。跑了。

---

8 蛇類。

9 貴州鄉野傳說的妖怪。

10 貴州方言，傻乎乎的意思。

二馬吐完了後槽牙就不說話了。牟常在看向潘子，潘子才悻悻地說，二馬跟潘子本來在生火，潘子還想著去弄些野味，二馬卻突然說起，橋是二三七師的孫軍長炸的。鐵橋一炸，所有人都要沒了。孫軍長沒想過咱幾個，咱也找不回大部隊了，回不去了。

潘子就是二三七師的，那會兒剛過元江鐵橋，他是衝鋒的，在最前頭。牟常在張了張嘴，最後還是選擇不說。泥水沖來的時候，牟常在也聽見有人在大聲喊著，孫軍長炸橋了。此時牟常在突然萌生一種孤獨感。本來深埋在腦子裡的那種感覺像元江的水一樣，帶著黃泥，鋪天蓋地壓過來。看著四周陌生的地域，孤零零的四個臭漢，大抵誰也沒辦法接受就這樣被捨棄吧。像腳底的爛肉一樣，說不要就不要了。牟常在坐到二馬旁，想拉二馬起身，但身子是真的一點氣力都沒了，索性跟著躺下。

「咋搞成這樣？」牟常在說。

「咱可不虛[11]他，就是孫軍長炸了。」二馬說著。

牟常在趕緊起身，潘子作勢又要衝上來給二馬一腳，大寶頭趕緊抓住。

「你幹哈呢？到如今說這些有卵用？」牟常在說。

「不能說嗎？」二馬說。

「你啥時醒水[12]的？」牟常在說。

「一直就知道。一直就知道……」

牟常在讓二馬把牙收起來。貴州傳統，在荒郊野地裡別落下身上的傢伙，會不得好死。一轉眼猴兒鬼火都生起來了，也不明白他何時跑回來的。清點剩餘的伙食，猴兒鬼弄來了水，把最後的風乾肉泡了煮，搭著一點壓縮餅，還有幾顆說不上名字的果子。一整天也就這一頓吃食，嗑得牟常在舌頭都疼了。薪柴也不太夠，下半夜恐怕要冷醒。才入夜，幾個人便躺倒，此時越是活動少，越能存儲體力，減少飢餓。

潘子一如往常站第一班哨，有點遠，赤著腳在地上來來回回的磨蹭聲讓人心煩，卻也沒有人有力氣說些什麼。這個林子的附近有些靜悄悄的，本來應該讓人毛骨悚然，牟常在想著，都要餓死了，誰管什麼妖婆鬼怪。

---

11 怕、畏懼。

12 貴州方言，明白過來。

火堆劈啪作響，閉上眼，牟常在回想起逃開大水的那一日。聽見有人喊孫軍長炸橋的時候，一開始牟常在還是不信的。咋地會炸橋呢？自己人還有一片在橋上，整個隊伍轟成兩半，沒過橋的不就完犢子[13]了？想著，牟常在感覺自己像臘肉，多了就醃起來，掛在這個世界的角落，風大了點就會晃動，不牢固也會掉地上。最可憐是擺著擺著，被忘了，扔在破爛屋子裡，連蟲都長不了，慢慢萎縮慢慢變成像石子一樣硬的爛骨頭。

很想哭，但不只水壺沒水了。

火堆劈啪作響，柴薪越燒越瘦，跟自己一樣。牟常在摸摸懷裡的刺刀，卻摸到了自己的肋骨。有那一秒，牟常在幾乎就要劃過去幾刀，試試那骨邊肉的滋味。以前在村子裡，隔鄰的老奶偶然會燒幾塊排骨，分過幾次，那個香，吃完了連骨頭都不放過，好吃到舌頭都能吞掉。想著，牟常在藉著微弱又閃爍的火光，看向了躺在幾尺遠的大寶頭。眼睛盯著大寶頭脖子，一直到眼睛痠麻了才閉上。

「譚忠團長，魯明寶報到。」

大寶頭夢囈著，絲毫不感覺他脖子在牟常在的視線裡被抹了幾回。

牟常在轉回頭，與馮萬琛眼神對到一起。不由得心裡發虛。二馬不會瞧見了我的眼神吧？牟常在心裡想。但怎麼可能呢？二馬在另一邊，肯定瞧不見自己的視線。

「幹哈不睡呢？」牟常在小聲開口。

二馬沒說話，舔了舔嘴唇。他的嘴唇像刮到一半的魚鱗，牟常在小時候看過的。「咱要出事了。」二馬說。然後就沒有聲音了。

大寶頭翻了身，牟常在索性起來，走到潘子那裡想跟他換班。橫豎沒能躺，不如起來站。潘子也不跟他客氣，離二馬好一段距離，中間還隔著大寶頭，就躺了。光著的臭腳撇在大寶頭臉旁邊，大寶頭光著的臭腳撇在潘子旁邊，這什麼，八卦嗎？牟常在反手拿著軍刀，也把鞋給脫了，窩在地上削自己的腳趾甲，眼睛時不時溜來溜去。

那猴兒鬼呢？

13 完蛋。

那猴兒鬼呢？

脖子隱隱約約感覺的氣息，像人的鼻息，又像被蚊蚋撓癢癢。低著頭的牟常在在心裡默數了三秒，刀子遞到左手，反手就往後掃。然後才轉過頭，啥也沒有。是故意的嗎？明明那麼大，可能是猴兒鬼，牟常在還是選擇舉刀殺去。打仗嘛，誰手下沒死幾個人，錯手也就算了，肚子瘪著還能幹哈？

也許是用力過猛了，牟常在揮空之後順勢往前撲倒，右邊腦門磕疼了，整個人暈乎乎地，才發現樹上有一點晶亮，好深好深，像黑媽地洞[14]的兩個坑一樣。會吸人，尤其現在餓得瘦乾巴，肯定一吸一個準。

緩了緩氣，牟常在盯著那兩亮光，透過微弱的星光瞧見了，是那猴兒鬼。上下探量一會兒，這枝椏怕不是二十多尺高，其中也沒多的枝椏，猴兒鬼咋能爬這麼高？坐起身子之後，牟常在掏掏手，讓猴兒鬼下來。

抱著樹幹，左晃一圈右轉兩下，猴兒鬼晃到地兒，謹慎又陰包穀[15]一步兩猶豫地往牟常在走來。

緊了緊手裡的刺刀。「你在上面幹哈？」

猴兒鬼盯著牟常在，鼻子或者塞了，發出「兮——咻——」的尖細聲音，臉被布擋著，身穿著麻紗類似的古怪衣服，牟常在亂猜，這可能是白族或者傣族的服裝吧。猴兒鬼還是一語不發，好半晌伸出了一根手指，指著天、指著左邊、右邊。然後指向自己的眼睛。好傢伙，也幫忙著放哨是吧。

四個大漢一個猴兒一樣的雛兒，在滇南這片山溝子裡，伙食就要吃沒了。牟常在覺得，哥兒幾個倒像是這塊地兒上的幾顆爛瘡，被元江泡爛了，莫不是要拿手裡的刀子刨掉吧。牟常在讓猴兒鬼坐到身邊來，他謹慎又謹慎地觀望了許久，顫顛顛地坐下，牟常在笑了，摸摸他的頭。

「叫啥名啊？」沒幾塊肉，瘦巴得很。

「我叫老牟，你會唸不？」

14 貴州方言，很黑的意思。

15 貴州方言，陰險的樣子，引申為相當注意。

牟常在左手操著刀，捏出了手心一灘汗。右手解開褲襠，抓住那猴兒鬼的手。

哎唷鎮山村口的、喜歡穿黃裙的大姑娘喔！

叫啥名字來著？牟常在轉過頭，看著猴兒鬼。

「叫啥名字來著？」我問。

他可沒開口，瞪大了眼想盡方法掙脫牟常在的手，奈何他太雛兒了。

牟常在讓他抓住自己的天菩薩[16]。

「鎮山村口的，穿黃裙的大姑娘唷。」

「我還記得你那水花花的大眼睛，在集市旁邊的窩子裡，跟那個賣豬肉的狗扯尾[17]那個嗲聲嗲氣，鎮山村口的、黃裙的姑娘喔。」

整個山坳子都靜了，只剩下那絲絲的套弄聲。猴兒鬼鼻子恐怕是塞住了，呼吸起來發出「兮——咻——」的尖細聲音，越來越快、越來越快。牟常在仰起頭，緊緊咬住逐日更加鬆動的後槽牙。

像元江的泥水，二三七師的孫軍長唷！你炸橋的時候可是如此快活？

牟常在鬆開猴兒鬼的手，洩了的元氣沾了點在看不清是藍色還是黑色軍褲上。鼻子一酸，就這麼不知羞地哭了起來。猴兒鬼像皮球一樣彈開，左晃一下右晃一下，一下就不見人影。牟常在一動也不動，就在這夜裡哭。如果那時候有逃過國民政府拉人就好了。一直到身體漸漸僵硬起來，左手心沁的汗水也逐漸冰涼，牟常在將自己的雞兒擺回去，維持著躺倒的姿勢，感覺自己像鐵橋一樣，被炸得稀巴爛。操你的。

淡淡的消毒水融合苦栗子味道，牟常在就這樣睡去。彷彿一醒來就在村子口，嘴裡咬著隔壁老奶給的骨肉，眼睛盯著那穿黃裙的姑娘，正在集市旁邊的窩子裡，讓賣豬的狂操。狗屌的，真香。

16 貴州方言，指男性之性器官。
17 狗交配，此指為行苟且之事。

（二）餓之惡

牟常在咬著筆蓋，將九十五師四一四團督導日誌前邊幾頁給撕了。然後重新謄寫上一些百無聊賴的字句。想來也是覺得跟部隊會合無望了，一不做二不休拿來當自己的日記吧。這是潘子跟那猴兒鬼不見的第幾天去了？牟常在不願意去想也想不起來。

大寶頭用那又黑又髒的手指搓著自己的鼻毛，奮力一拉，拽了幾根下來，拇指和食指高高捏著，好像要看清楚這些鼻毛長什麼樣，家住何方，有媳婦兒了沒有。那時候逃大水，捎帶著大寶頭的時候，他還肥肥壯壯一把，在軍伍應該也有好些時日卻沒怎麼曬到乾枯，肥嫩嫩的胸口讓牟常在幾回都要雄起[18]了。如今大寶頭已經整個人消瘺下去，赤著的肥腳上還有著乾掉的血跡。

二馬從那一天跟潘子強一頓之後就整個人虛了。像飄浮在沙塵裡頭，楞楞地從嘴裡又吐出顆牙，牟常在心想，可能是偷啃樹皮了吧。見著馮萬琛將牙收到胸前口袋，牟常在不知怎地安心了。就當要死球吧，至少也沒落了什麼，人說落土歸根，這幾個被扔了的、實際算起來恐怕都沒到三十歲的半大小伙子，根在哪裡？這年頭誰還敢喊自己有根？恐怕再過些日子，大寶頭在外的時間都比他那會兒在山西的日子長。

年輪最深的潘子不知怎地不見了，連帶的猴兒鬼也消失無蹤。牟常在也沒啥力氣說話，乾糧早沒了，那些C型食品[19]也沒有剩。就算有，潘子也帶走了。還有潘子永遠不離身的漢陽造[20]。這幾天吃食都是最後剩下的一些口糧，口糧吃沒了，沒有猴兒鬼也沒法子找到水，能找到也沒力氣去，嘴乾得很。最後就吃些大寶頭隨便摘的野果填肚子。

這一天走了沒有多遠，二馬虛了以後，沒了主心骨，茫茫然也不知道該往哪裡，更別想指望大寶頭，於是走走停停，方向也不知道。等回過神來，大寶頭正捏著個球湊在嘴邊啃，定睛一瞧，壞了，那是泥水攪和著土。不知道哪裡來的力氣，牟常在一把推開魯明寶，泥球掉在地上，魯明寶還想撿起來，牟常在伸出腳想踹開泥球，整個人卻歪倒在地。那是再也沒有力氣了。

「會吃死球，你這當批[21]！」牟常在最後的力氣大喊。

18 男性勃起。
19 英、美供應的戰備罐頭。
20 步槍。
21 腦袋不好。

但飢餓是不管的，沒有餓過的人不會懂。不是那眼巴巴看著隔壁老奶的肉排骨吞嚥口水的餓，是那種餓到靈魂裡頭，甚至餓到上一輩子的餓，餓到看見什麼都想吞進去，前幾日大寶頭將腳上的白蛆吞進去的那種餓。那泥球是決計不行，吃了會脫一層皮，牙會掉光，肚皮會鼓脹起來，沒多久人就沒了。

牟常在有些惱火，也對自己感到訝異。大寶頭，應該能讓自己跟二馬有一頓飽吧？這念頭一閃就過，被牟常在繫緊於再沒法子更緊的褲腰帶上。就像那個晚上發生的事情一樣。接連幾天可能餓得慌一批，腦子還是會跑出那個穿黃裙的大姑娘，還有那個晚上猴兒鬼的手。

那潘子跟猴兒鬼是不是因為這件事跑開的？也不願意去想了。

等到睜開眼已經黑天了，二馬還躺著，或者因為掉牙，嘴腫了。大寶頭也躺著，不遠處有生火，但牟常在離得遠，衣服上還是濕了一片。慢慢踅過去，讓火烤一烤逐漸僵硬的身體，牟常在不禁想起，現在這樣跟真正死去有何區別？黔地有些個地方有個習俗，年輕人死了，家裡老的還沒死光，得放在屋裡等雨天才能下葬。牟常在曾經去湊湊熱鬧，順便訛[22]幾碗熱呼呼的暖湯喝，那是給鄉里鄉親幫忙暖口用的。趁著大人不注意，手還偷偷戳了擺著的軀體幾下，硬的。跟現在的自己沒兩樣。

「會軟的。」牟常在自言自語。

那次戳完之後，沒等到雨，屍體熏得屋裡屋外都讓人翻胃，沒聞過的人可真心不知道那味道。牟常在又戳了。出水。究竟之後幾天才落雨下葬牟常在不記得了，舔了舔自己衣服上的水，連這樣的動作都備感吃力。肚子裡好似有火在燒，在燒，越來越滾燙，直直衝上腦門。牟常在的眼已經模糊了，那是被肚子裡那把火燒的，左手揑緊懷裡的刀，像四腳蛇一樣左一下、右一下匍匐前進，身子下的砂礫磕得沒幾兩肉的胸口發疼，好像穿過了濡濕的軍服，戳進自己的肺、戳進自己的心。

太餓了啊！

手肘早已經沒有知覺，距離魯明寶大約八尺左右的距離，越是靠近，那個穿黃裙的大姑娘家，被賣豬的壓在身下，兩隻白晃晃的、蓮藕一樣的小腿在賣豬的肩頭晃啊晃，直晃瞎了所有人的眼。真的是太餓了。

---

22 騙。

一邊爬著，牟常在努力回想那個黃裙大姑娘的名字。是叫什麼來著？那時候牟常在還沒有她高，努力撐著腳尖透過窗子往裡看，一下子心急了，大姑娘被欺負了，但嘴裡啃著骨邊肉，身體卻越來越熱。如果說猴兒要長大有一個定點，那牟常在的定點想必就在此。那一天濕漉漉的褲衩乾了之後頂得自己的雞巴疼，賣豬的還沒離開大姑娘肚皮，牟常在急忙忙就溜了。

到底叫什麼名啊！

竄到了大寶頭身邊，虛弱得連呼吸都要壓榨自己的牟常在喘了幾口，左手肘撐著地板，也不管肘子方才磕得多疼，緩緩地舉起手裡的刀。魯明寶睜開了眼睛。那兩灣像極了湖水一樣透澈的眼露出了笑意，熱火「蹭」一下燒上了腦，嘴裡唸叨著：「大寶頭，睡一會兒吧。」牟常在便舉起了刀，不敢去看那清晰見底的湖水，轉眼看著那越來越髒黑的頸子。到底叫什麼名啊！

叫什麼名啊！牟常在嘶啞地吼著。

「俺叫魯明寶，報告副團長，俺是山西同鄉。」

一刀子頓下去。

聲音沒了。

刀子恰恰好戳在旁邊一條長蟲腹間，也許沒按著七寸，長蟲還扭啊扭的，發出「嘶、嘶」地聲音。大寶頭這才清醒過來，那一潭清澈混濁了，連滾帶爬拍起一堆塵，長蟲還在地上扭，手裡扒拉兩下，斷成兩截。嘴還一張一闔地，牟常在卻沒了氣力，歪歪側躺在地，大寶頭爬了過來，看著還在扭動的長蟲。他娘的都斷成兩截了還在那兒苟延殘喘，若不是一點力氣都沒了，牟常在真想來個千刀萬剮，搞個蛇肉羹來喝。

大寶頭興致勃勃，又找了些柴薪來烤火。眼睛水亮著盯著串在樹枝上的長蟲，二馬終於也是起身了，將長蟲剝了皮，即使皮剝了乾淨，長蟲還動著。怎麼就不好好死呢娘的。大寶頭盯著長蟲，牟常在盯著大寶頭的眼睛，隨便開口問道：「大寶頭，冒憨水[23]呢，長蟲都沒看見。」

大寶頭抓了抓頭：「俯照[24]呢，夢到俺副團長。」

大寶頭說起了山西話，也不知道牟常在聽懂沒有，二馬轉著樹枝，漸漸地香氣飄出來了，然後

23 貴州方言，傻了、耍寶。
24 山西方言，睡覺。

嘴腫著說道：「要能多來幾個長蟲，日子也好過些。」

牟常在道：「哪兒能呢？這雖然是山上，天冷長蟲都躲起來了。」

就這樣過去了。把刀在身上擦了又擦，牟常在餘光不停瞥魯明寶，覺得自己的身體越來越重，就要喘不過來。都什麼世道，身上越來越多的祕密，那是一種不屬於自己的惡，也是不屬於自己的餓。打小都不覺得自己是這麼壞水的人，但這天下太亂了，太餓了。香味飄過來，也不知怎地，越是飢餓動作變越緩，看著大寶頭迫不及待的樣子，以及二馬那病懨懨，牟常在把刀遞給了大寶頭，雙手枕在頭後面躺了下來，餓啊，要等。等了之後扒拉起來才香。

一直到大寶頭割了一條肉過來，突然起身盯著前面的牟常在都沒動靜。大寶頭不明所以，推了推牟常在。蛇肉香極了，牟常在接過蛇肉吃了一口。大寶頭包嘴包口[25]啃著，說道：「瞅啥呢？」

牟常在說道：「咋覺得有人在邊上。」

二馬聞言，嘴裡叼著肉也湊了過來，左看右看：「誰傢伙？」

「沒看清，亮晃著，像眼珠瞅著咱哥幾個。」牟常在說。

「莫不是潘子？」二馬問道。

「潘哥兒！潘哥兒！」大寶頭扯起嗓子，二馬立刻制止。

「嚷啥呢！別喊來熊羆仔！」牟常在說道。

左前方是灰濛濛的矮山，幾棵樹葉子不算茂密，還沒入春略顯蕭瑟。滇南這裡大山沒有槍。此時牟常在特別想念原本手裡的春田步槍，品質確確實實比潘子手裡的漢陽造來得精美，大水那會兒沒抓住。逃都來不及了。

四面環顧，沒有啥動靜。或者是牟常在自己眼花，啥都沒有。連尿都沒有。

雖然不頂飽，好歹也是一頓肉食，吃完之後幾個人便躺了，二馬拿了些薪柴擺在身旁，以便補火。吃飽一頓睏，牟常在迷迷濛濛之間，彷彿聽見了二馬的聲音。

「你真下得去手？」

牟常在睜開眼，馮萬琛盯著自己。

「殺個長蟲，算啥屁事。」牟常在懨懨地回話。

25 吃相狼狽。

「別尿嘴裡26，你知道俺說啥。」

「要是急了，我自個兒都下得去手。」

「行吧，都不容易。」二馬說完，轉過頭去看著烤火。

「我也瞧見了。」

「瞧見啥？」

二馬說，亮晃晃的眼睛，視線盯著咱幾個。還不只。牟常在往大寶頭那兒爬去的時候，二馬瞧見了，烏黑瞎火也沒看清是人還是熊羆子，遠邊樹林裡有幾個東西，遠遠瞧著這頭，好似在繞圈一樣，等到牟常在一刀刺向長蟲，大寶頭發出聲響，再轉過頭去就沒影兒了。牟常在聽完，想了一想，覺得自己除了這一身骨頭，大抵也沒什麼好貪的，轉了一下身子，說道：

「給他瞧吧，也不會多一塊肉。」

二馬說：「我感覺很不好，怕俺們想死還死不了，那才痛。」

牟常在說道：「那倒乾脆，不比現在差。」

是這樣嗎？牟常在不明白自己的豁達，是不是飢餓之後的飽食帶來的灑脫，或者是這年頭早已沒有了希望。腦子裡想著的都是回到村子裡，啃幾口骨邊肉，讓隔壁老奶追著打，但卻怎麼也想不起那個黃裙大姑娘的名字。每一寸身體都開始實際意義上的腐爛，這種腐爛帶來了恐懼，不是恐懼死，而是恐懼這樣子生。想著那英姿颯爽的孫軍長，想著那佇立不知多少年頭被說炸就炸的元江鐵橋，想著有一天自己也別著佩槍站在前頭，下巴舉得高高的，想著這麼窩囊的世界。

（三）麻賴

沒了長蟲，接連幾天都只能吃一些野果子。幾次大寶頭挖了蕈菇，被牟常在拍掉，誰知道那些

26 胡說八道。

能不能吃。也幸虧大寶頭耐不起餓。

二馬病懨懨，牟常在魂不守舍，僅存魯明寶還能算是為了團隊的生存起了一點作用。好歹是起身撿了一些柴薪，這幾天或長或短的雨，肉都泡白了。牟常在將鞋子綁在脖子上，把自己燻得夠嗆。柴薪碰水，很難燒火，燒起來的也是白煙蹭蹭，翻滾著好像傳說中的升天一樣。但不燒火也不行，說不定晨早起來仨裡面哪一個就凍沒了。但這樣也不知道是好是壞，牟常在這樣想，凍壞了好，肉可以放久一點。

昏昏沉沉之間，睜開眼，一把漢陽造在眼前晃啊晃。

顧不了身體的虛弱，牟常在跳了起來。

「你丫的。」潘子說。

「來了啊，帶酒沒有？」牟常在說。

「去你丫的。」潘子放下槍。

好似潘子這幾天都沒消失，只是去一旁放水。然後走回來罷了。

二馬跟大寶頭還躺著，牟常在坐了下來，對自己相當稱頭的譁話滿意極了。潘子甩了根香菸過來，牟常在不敢置信地看著潘子就著火點了起來。潘子吐了一口煙，味道不像之前發的，倒像以前聞過的旱菸斗燒出來的味兒，自己吸了一口，差點沒給嗆了。

「那娃兒呢？」牟常在裝作不在意地開口問道。

「等著吧，等等好好賴一頓。」潘子咧開嘴笑著，一口黃牙。

「你倆可好？」牟常在繼續問。

「你們都還喘氣，我怎麼可能不好。」

猴兒鬼不一會兒真的繞了來，手裡拎著幾串肉。大寶頭也就醒轉過來，二馬有氣無力地對潘子點點頭，這世道也沒什麼化不開的，誰炸橋又如何？咱幾個還得好好活著。牟常在想著，眼神卻沒一秒離開過那猴兒鬼。

猴兒鬼湊上來。把肉用啥葉子包著就往裡頭扔，「滋」的一下那味道就跑出來了。這幾日夜嘴巴就沒入多少東西，牟常在也是確實餓得慌。好險沒忍住就要把手伸進火裡撈肉。猴兒鬼沒什麼異樣，就是專心地看著烤肉，潘子有一搭沒一搭地說著，猴兒鬼的村子就在前邊，大概兩個日夜的路程，好歹可以有個地方歇息，還能吃點好的。

手裡的菸也是從那裡來的，自己烤，味道雖然嗆但好壞也是菸。肉烤好了幾個人就不怕手烤焦，抓了肉就憨吃，潘子說這是兔兒肉，大寶頭說兔兒哪來那麼大的腿，這是驢肉，他吃過，特別好吃。這肉本身就燻過的，丟入烤火之後格外的香，牟常在就沒吃過這麼香這麼舒適的肉。管他兔兒還是驢腿，這香甜比前幾日唯一的那長蟲都香，肉軟滑嫩甜，咬起來一絲絲的，入口有一種脂肪感，卻又特別不膩。這時候還撒上幾許孜然，抹點鹽巴還能再更甜口一些，軟軟糯糯又帶點焦香。

牟常在差一點都想在身上搓些鹽下來，或許舔自己胳膊一口，再嚐嚐手裡鮮嫩的肉，驢肉兔子肉，啥肉也好，鮮美得特別有侵略性。

「呸。」牟常在挖了挖上頜，一塊硬質的甲片插進了肉裡，這下子和著血，肉倒是真的鹹了點。

「吃慢點，餓不死你。」潘子戲謔地笑著。

牟常在不動聲色將甲片放進了口袋裡。

大夥兒吃飽喝足了，烤起火隨意躺著。這天為被地為床的好多天，怕老了不會落下濕病。但那又能如何呢？潘子還在說著那猴兒鬼的村子，好似怕極了其他人不願意去。牟常在心裡明白，這幾個還有哪裡能去？也不是沒有想過回頭去找部隊，但八路軍步步逼近，本想軍服脫了，乾脆加入土八路。哪裡打仗不是打仗，自己人都能炸了。或者孫軍長炸橋那會兒，就把牟常在的軍服炸成土八路的樣子，那九二重機槍「垮他垮他」地打在腦門上。

潘子鼾聲扎實了，牟常在身體不動，脖子四處扭轉，沒見著猴兒鬼，另外兩個倒是也睡了，大寶頭的鼾聲響徹雲霄。二馬背對著自己。牟常在也不敢太過四處張望，怕猴兒鬼從哪個旮旯竄出來給自己一刀。

從口袋裡拿出那個甲片，牟常在深深吐了一口氣。

用兩根指頭叼著，對著烤火微弱又飄蕩的光線仔細瞧了瞧。

那是人的甲片，決計不會錯。回想起剛剛吞吃下肚的肉，胃裡一陣翻攪。

「呸」地一聲，牟常在噁心自己的出息。那個成天盯著大寶頭脖子的牟常在難不成死了？那個舉起刺刀撲向大寶頭的牟常在莫不是假的？

噁心。

也不知道是真的因為吃了兩腳羊[27]噁心，還是給自己逼吐的，胃裡翻騰著酸水，嗆得鼻子都酸，眼淚都酸。把甲片收了，牟常在也不知道自己為何要收著這兩腳羊的甲片。

●●

潘子說的那村子，在山的那一頭。為了看見那個村子，得把自己的影子踩穿了。一地的泥濘，倒像是在老家那樣。牟常在遊魂似的，話也漸漸不說了。對付自己腳底的疼痛，捲起的褲管露出的腿讓蚊蟲咬得受不了，一邊還得照看二馬，前晚照例猴兒鬼不知又從哪裡弄來兔驢肉，帶人甲片的，二馬把自己那份咬了一小口就偷偷塞給牟常在。

說是牙疼，這幾日又掉了一顆，胸口的口袋恐怕有了四顆牙。潘子端著他的漢陽造走在最前頭，跟那猴兒鬼嘀嘀咕咕的，但牟常在也沒力氣問究竟那村子是在哪裡，就算要走到鬼子那裡都沒妨礙了。前一天夜裡牟常在將自己左腳走穿了的大腳趾甲片拆了下來，與之前從兩腳羊上面的那個擺在一起，就像他倆本來就是一起出生也得一起死亡。二馬把肉遞給牟常在的那會兒，眼神悲傷得像咬著自己崽子的貓。家鄉那時，牟常在瞧見過，村裡頭總有幾隻貓，到處偷盜。那一天下午一樣下著雨，牟常在看見黑白花色的貓在牆緣看著自己，嘴裡叼著自己的娃兒，放在牆上，一動也不動，該死了。然後再叼起來跑開。過沒幾天，那貓娃兒只剩下一坨毛，母貓還是叼著。不知怎地他有點想哭。

二馬對他說，晚上那些不知道是熊羆還是人的影子又出現了。牟常在眼神空洞地望著遠方，也不怎麼回應這件事了。那天夜裡他好似做了個夢，夢裡騎著熊羆仔躍上高高的山頂，手裡拿著手槍，朝天開了一炮。

夢裡槍聲一響，牟常在便睜開了眼睛，感覺有個人影站在自己腳邊，定睛一看卻又什麼也沒有。他是膽小的，但這時也沒什麼好膽子大膽子小，隨便扔了點柴薪進去快熄滅的火堆，一個影子閃過去。他緊了緊懷裡的刀，往左邊走去。

踩過地面發出了聲響，但沒有任何一個人起來看動靜。

猴兒鬼遠遠地站在土丘上，這一片地兒到處都是這種土丘。或者是聽見了聲音，他轉過頭來看著牟常在。他總覺得這猴兒鬼有意無意瞄了自己褲襠，還沒有細想，便看見幾個影子從猴兒鬼身前晃過。太快了，牟常在甚至沒看清那是幾個，是人還是啥。

一如既往，那猴兒鬼什麼都沒說，一樣布包著臉。不知為何，牟常在感覺他布包之下，正在笑著。牟常在對他說，娃兒，咱是朋友吧。之前那件事，是老哥腦子燒壞了，也不知道你聽懂沒，跟你說聲抱歉了。

「娃兒，在幹哈？」牟常在問道。

猴兒鬼也不知笑著還是啥，總之牟常在像躲子彈一樣說完就轉身跑回烤火堆附近。走著還沒忘記捏著自己那把刀。這幾天越發的冷，牟常在蜷縮著像個胎兒一樣靠近火，覺得自己身上在冒煙。耳朵裡總是有笑聲。是那猴兒鬼的笑聲。

••

靠近山邊的是幾個草屋，往村裡走有幾間吊腳樓。再往裡面就彎彎繞繞的看不見了。村子裡每個人都蒙著臉，像那個猴兒鬼一樣。滇南這裡總有奇怪的風俗。猴兒鬼指了一間吊腳樓，讓大夥兒進去歇腳。

大寶頭吵著餓，那猴兒鬼仔仔細細地看著大寶頭，從上到下，說不得還從裡到外。大寶頭便閉上嘴了。潘子跟出去，說要弄點吃食來。牟常在看著二馬，終於到地兒了，二馬看起來精神也好多了。人都是需要歇息的，幾個日夜都在外頭餐風露宿，就算是鐵打的漢子都要彎了。大寶頭湊在門邊上朝外看，牟常在便把自己的鞋擺在一邊，靠坐著牆。

「咱要休整幾天，然後去找部隊會合。」

二馬聽了，搖搖頭：「別想部隊了。」

「怎麼就不能想？」牟常在說：「難不成在這裡娶媳婦？」

「你還是不明白。」

咋就不明白了？

猴兒鬼拿了幾個菜進來，還熱呼著。又酸又辣，倒是挺合胃口的。裡面還有些肉。大寶頭憨吃雅脹，跟猴兒鬼要了碗水，牟常在也要了碗。一喝就知道不是憨包水[28]，挺好的。吃飯時候沒看見潘子，二馬總有些疲態，大寶頭反而來這村子後，整個人神神叨叨的。一下子到門邊看著外頭，一下子在屋裡繞來繞去。就快被大寶頭晃暈乎了，牟常在乾脆地起身走到吊腳樓外。好艱苦才走到有瓦遮頭的地方，幾個人都沒怎想跨出去，只想好好休整。除了潘子。

也是為了拉潘子來問問現在情況，牟常在晃了幾圈，這村子倒也奇特，看看日頭還不到入夜，頂多就下午三四點，地上或者因為這幾天的雨，到處泥濘著。也不怕腳髒，牟常在踩過一灘又一灘的泥水，這裡的髒接著後面的髒。

繞了大半天，也沒看見村子裡哪怕一個人走著，好難得看見個村民，也是蒙著臉在自己的樓外不知搗鼓些什麼。牟常在停下腳步，發覺了些不大對頭的地方。這村子太安靜了。即便是冬天，多少該有些蟲鳴鳥叫之類的，但啥聲音也沒有，這安靜反而帶來一種吵鬧。所以正疲累的牟常在竟一時沒有發覺。

村子的路彎彎繞繞，總算在越往山裡走的一個彎坳，幾個看來比較大的吊腳樓堆看見了潘子。這幾個吊腳樓看似雜亂無章，實際卻隱約呈現扇形，最中間那幢特別大特別高，中間依據這扇形有一個看起來像曬穀的廣場。不大，但也足夠好多人站著了。看見潘子的時候，潘子不知何時，換上了跟這些村民，也包括那猴兒鬼一般的麻布衣，蹲踞著抽著菸。旁邊一個人影也沒有，潘子卻好像在跟誰說話一樣。

「潘得勝！」

鬼使神差地，牟常在呼喚了潘子的本名。

他轉回頭，臉上沾著不知道是泥還是灰，一臉凶惡地看著牟常在。也就那麼不到一秒，表情又恢復了正常。但牟常在堅信自己的眼睛，再累也沒看錯，方才潘子確實露出了想殺了自己的表情，打了幾年仗，那種殺紅了眼的神情看了不知道多少回。

「牟子，咋不歇會兒？」潘子笑著，特別刻意，想雲淡風輕方才的模樣。

「閒不住，出來晃兩圈。你說這村子咋都沒啥人咧？」

「聽說這幾天他們得祭祖，還是祭天啥的，忙乎著。」

「這小村子還挺文化。」

「說得像你從啥大城市來的？什麼犄角旮旯沒點自己的習俗？」

---

28 沒煮開的水。

牟常在問潘得勝，怎麼不跟大夥兒一起歇會兒，潘得勝沒回答，倒是說起了入夜以後別像現在一樣亂走動，畢竟是人家的地方，給個樓棲身已是好極，莫要打擾了人家的儀式。

牟常在揮手，不耐地表明自己知道了，心裡卻撲通撲通地。那從來不離身的漢陽造卻沒在潘子身邊，事情確實有些古怪啊。

••

吊腳樓少了濕氣，躺著整個人都舒坦，回到樓裡大寶頭不知道從哪裡弄來了熱水，牟常在也洗了洗腳，那個妥當的感覺簡直要沁入心脾。這一覺竟然睡到了日上三竿去，醒轉過來時候大寶頭不見蹤影，二馬狀態好了很多，用嘴巴努了努，牟常在見了旁邊矮桌子上有幾個像饢又像饅頭一樣的麵食。牟常在拿起一旁的茶水，用食指隨便將牙齒擼一擼，權當刷牙，接著便咬了一口。

筋頭挺韌，想必很管飽。

「你吃了沒？給你留點？」

二馬點點頭：「吃過了，你吃吧。」

「大寶頭呢？」

「罵罵咧咧地出門去了。」

啃完餐食，牟常在問馮萬琛要不出去繞兩圈，馮萬琛搖頭。說道：「我就不了，夠按勒[29]，牙口還疼得慌。你自己注意。」

「能注意啥？能吃了我不？」

牟常在笑了兩聲。才走出樓就一頭撞上大寶頭，牟常在笑道：「一早晃哪了？去瞧姑娘啦？」大寶頭搖頭，又搖頭：「哥，這裡有古怪。」

「那你早飯吃了沒？」

「吃了。」

「有古怪還吃！」

大寶頭一臉糾結，牟常在也不搭理，逕自往外走。潘子迎面走來，告訴牟常在，等過幾天這村

29 貴州方言，累、疲累。

子的祭典結束，同他們要點補給，便可以離開這裡，去找蒙自的方向。牟常在問，這村子沒人知道蒙自往哪裡去嗎？

潘子搖頭，說這村子叫「麻賴」，聽過沒？牟常在搖頭。沒聽過就對了，這裡根本不是滇南，咱們已經走到緬北了。

牟常在楞了。這滇南到緬北，怕不是得爬過幾百里山，怎麼就這麼到緬北了？

「也不知道咱幾個怎麼走的，總之，既來之且安之。這幾天若是有必要，得拿勞力跟他們交換，不然他們憑啥奉送補給給咱們？這年頭一點吃食都可以要人命的。」

牟常在心裡也是拎得清，知道天下沒白吃的午餐。

才想著回答，遠遠便聽見了奇怪的聲音，「喀、喀、喀」地。牟常在問，這啥聲音來著？潘子聳肩。只要他別管閒事。

晚上潘子不知道哪裡找來村民弄了更多熱水，總算可以把身子好好擦擦。但軍服早已破爛不堪，潘子說，要衣裳還得等會兒，這裡畢竟不那麼方便。

大寶頭擦完了身體，故作神祕地湊來牟常在旁邊，小聲說道：「哥，我這裡還有兩個子兒。」

說完，不知道從哪裡變出兩顆子彈。春田的。

「你他媽槍都沒有，兩個子兒要幹麼？吞嗎？」

「緊要關頭，咱倆一人一豆。」他說。

牟常在氣不打一處來：「哪來那麼多緊要關頭？敵人在哪兒？」

「總之，我留給你了。」

如果沒有算錯，這已經第三天沒見到那猴兒鬼了。

◎◎

二馬又掉了牙。潘子說，那跟他搥的那一拳無關，是營養不良。好多天沒見到人影的猴兒鬼出現了，抱了一堆麻衫。牟常在脫下上衣，準備穿上時卻被猴兒鬼制止了。

「無摸蛤啦，牙燈搞啥。」

這還是他第一次聽見猴兒鬼開口，驚呆了。這娃兒原來不是啞巴。

「無摸蛤啦，牙燈搞啥。」看他樣子，是要所有人跟著一起唸。

牟常在說，咱幾個衣服都掛絲了，能不能先給穿上再來？猴兒鬼就是盯著他，也不說點其他的，就是一直牙燈搞啥。

拗不過這當批，牟常在心不甘情不願地跟著喊了幾嘴。潘子是最早開口的，熟悉得很，牟常在都懷疑潘子是否本來就這個村子裡的。二馬虛弱地跟著喊了幾嘴，好似發音不太正確還是啥的，硬是被逼著多唸了幾次。就大寶頭特別倔，寧可不換上新衣也不願意唸兩句。便也作罷。

接著猴兒鬼就要所有人跟他一樣，用領口比較長的部分將臉蒙上。潘子熟門熟路，牟常在再次看了他一眼。

「喀、喀、喀……」

大寶頭瞪大了眼睛：「這到底是啥聲音啊！」

牟常在將臉蒙起。說也奇怪，蒙起來的時候，覺得身體舒坦得很，感覺空氣中本來無所不在的酸腐味道，一眨眼就沒了。牟常在自嘲，這不是廢話，鼻子都蒙住了哪來的味兒。

「都跟你說了別好管閒事，人家村子裡有大事。」潘子斥責大寶頭道。

大寶頭越來越沉默，也漸漸不往外走了。除了整天跑不見人的潘子，也就牟常在還能沒事四處繞繞，說要出賣一下勞力，也沒見人來吩咐，索性就自顧自地當旅遊。二馬的牙越來越離譜，一口牙都要掉光。大寶頭問，這會不會傳染，二馬揺了他一拳。晚上總算有顆雞卵，牟常在拆了搗碎，讓給了二馬。大寶頭不樂意，牟常在只好將自己的碎肉多挖一點給大寶頭。

不知是否這村子的伙食特別上火，嘴巴都燒了幾個洞。大寶頭也是，二馬就不問了。村子給的伙食又特別辣特別酸，特別咬嘴。實在逼得難受了，喝水都治不好。大寶頭說，山西那邊有個土方法，吃蒲公英可以治療燒嘴。

「滾犢子[30]！」牟常在說。

這山溝子裡，還沒開春，哪裡來的蒲公英。

即便有，蒲公英能吃嗎？

燒嘴燒到難受，但也比前些日子連吃食都沒有來得好多了。夜裡，二馬不知是否吹風，咳個不

30 滾蛋。

止。潘子過來把幾個人喊醒的時候，特別用肩頭扛起了二馬。幾個人溜出吊腳樓，在樓後面不遠，找了個靠樹的小空地，生火。柴薪都準備好了。一個簍子裡裝著東西，時不時還撲動一下。

牟常在湊上去瞧，是個土溜秋[31]。

「土溜秋退火，還營養，給二馬補補，你們也補補。」潘子說。

土溜秋肚子劃一刀，用手把內臟給取出，倒也不浪費，腸子模樣的扔走，其他內臟用手摸碎，放大葉子上。刀子在外皮來回刮，把黏不溜秋的體液刮除，放桶子裡來回洗過，烤火可香了。就是有點腥。

潘子也不說土溜秋哪裡弄來的，就要大家好好補。

腥是腥臭了點，但擋不住那個冒油的香，大寶頭都給香迷糊了，一陣憨吃好險沒給潘子搥腦瓜子。沾點剛摸碎的內臟吃，那個鹹香又不膩嘴，嚼著嚼著都要上天堂。

「真操娘的好吃，牙燈搞啥！」牟常在說。

大寶頭聽了，停下嘴瞪著牟常在：「哥，別說那個！別！」

「你憨批窮緊張啥咧！」搥了他一下，牟常在舔了舔牙縫。

瞧見二馬也來了元氣，似乎一切都在好轉。待到這村子的祭祖結束，幾個人也可以好歹往蒙自去，說不好路上就遇上了部隊。就算碰見的是土八路……

「真不行就加入土八路吧。」牟常在心裡說。

••

潘子被那些村民抓走的時候，牟常在才醒過來。

一陣推擠，大寶頭攔不住幾個人，潘子回頭要大家別慌。

二馬撐著起身，瞇著眼對牟常在說：「你跟去看看。」

牟常在追出去，到了之前那個廣場，潘子被拉進一個屋裡。牟常在也想闖進去，被幾個蒙著臉傢伙擋了下來。牟常在大吼大叫要他們放人，你丫的當批，給老子放人不然老子修理你們。

幾個蒙著臉的傢伙也不理會他，堵著門不讓進。牟常在本想心一橫拉出軍刀嚇嚇這幾個，定神

31土龍，在泥塘的類似泥鰍的生物。

一想，現在還杵在人家的窩，這幾天也給好生招待了，就這麼亮傢伙好似也太過了些。便跑了回去找二馬商量，至少知道人在哪裡。大寶頭窩在角落，二馬還在炕上，知曉潘子或者暫時沒有什麼危險，手裡也拿不出什麼辦法，便說：「隔天不放人，咱幾個莽進去。」

「大寶頭，你行不？」牟常在轉頭問道。

「我還有兩個子兒。」大寶頭急著點頭。

你他媽的有子兒沒槍啊！

這一天村民也沒送吃食來，感覺越來越不對勁。到了夜裡，終於還是沒撐住，幾個人都睡去了。

牟常在睜開眼的時候還是大半夜，一個人影站著在他的身前，彎身瞧著自己。差一點身子都要跟靈魂嚇離了，牟常在幾乎跳了起來。

「沒事了。」潘子說。

幾乎維持這個躬身檢查的姿態好一會兒，潘子才走到屋子中間把手裡的東西放下。地上一灘一灘，隨著潘子的腳印出了水，好好瞧著才看明白，潘子一身都濕透了。一陣肉香撲鼻而來。大寶頭最先清醒，喊了聲「哥」，走過來鼻子嗅了嗅。

「醃肉啊？」

「你娘的就知道吃。」牟常在怒道

二馬虛弱地開口：「潘子你沒事吧？」

「沒啥事，抓我去問了那土溜秋的事。」

「娘當批！就條土溜秋搞這！」牟常在忿忿。

「你要沒回來，隔天咱哥幾個就得莽進去了。」二馬說。

潘子定睛看著二馬好一下子，點了點頭。

「過幾天就好了。」他說。

潘子開始見不太著人。據他說法，是他被抓苦力。牟常在問，咱幾個不必幫忙？潘子說不至於，他去就好，幾個人保留體力，接下來往蒙自去，還得好多時間。倒是這幾日的吃食特別好，每天都有大塊肉。

大寶頭可稍微開心了。自從到了這個村子，大寶頭本來無憂無慮的樣子就古怪了起來，這下子有大塊肉，魂倒是回來了一下。只是二馬的狀況相當糟糕。牙幾乎掉光了。二馬對牟常在說，若有一天撐不下去了，讓牟常在收著自己的牙便好，人就往隨便一個山溝子扔了便是。

「若是哪一天，牟子你能回去咱貴州，把我的牙埋在地兒裡。落葉歸根嘛。」便也足夠。

接著幾天，發呆就成了牟常在最常做的事。二馬因為牙掉光了整個人虛弱得很，成天窩在炕上，大寶頭玩著那兩個豆子。牟常在不知道哪裡來的預感，找了塊石子把刺刀給磨了。每天將它擦拭得鋥亮。二馬聽了牟常在說，現在這村子在緬北，整個人就萎靡下來。沒道理，真要從滇南那麼輕易就走到緬北，怕不是要個把月。距離元江那時，算起來不過一個月不到。或者中間餓昏了走神了好多天，但也不至於真能走那麼長。

這天夜裡又下起了雨。

馮萬琛睡得不安穩，翻來覆去好長時間。牟常在或者是心急，也跟著翻來覆去。

「牟子。」

「欸。」

「該走了。」

「哈？」

二馬千辛萬苦從炕邊拿出一個小布包，一瞧便是那日猴兒鬼裝衣服拿來的。乍一聽，牟常在以為二馬要不行了，心裡酸。還沒酸上鼻子，二馬緊接著說道：「咱恐怕得找時間撤，否則沒給土八路打死，沒給孫軍長炸死，沒讓泥水沖死，還得交代在這個旮旯，不值當。」

「你能行嗎？」牟常在問。

「能行。這幾日早上的饢我積攢了點下來，只是……恐怕得讓你捎上我。」

「咱幾個還說這幹哈。」

二馬說完，氣有些不勻，便閉上眼。大約很久沒一口氣說這麼長的話了。

牟常在打開那個布包。

幾塊黑得不成樣子的麵團，有的都碎了。

即便是二月天，或者三月吧。春雨綿綿偶爾凍得很，但這些麵團還是長了白蟲[32]了，怕也不能

32 蛆蟲。

吃了。此時此刻，牟常在並沒有告訴馮萬琛。人總要有點寄託的。

下定決心找機會要走，牟常在開始在村子裡晃蕩。這裡走走那裡看看，想找個比較舒適的路徑。那廣場已經不讓靠近了，這一天牟常在一鼓作氣爬上最靠近廣場的、看來沒人待著的吊腳樓，往廣場那裡看去，才知道這村子的人可不少，怕沒有大幾百號人，一個連著一個地跪在廣場上。祭祖吧，還是要點尊重，牟常在遠遠地也隨便唸了幾句保佑啊、平安啊。

「無摸蛤啦，牙燈搞啥。」

唸誦聲傳來，牟常在跟著唸。

「阮咩哈啦，啊當嘎殺。」

「阮咩哈啦，啊當嘎殺。」

「阮咩哈啦，啊當嘎殺。」

「阮咩哈啦，啊當嘎殺。」

情緒有點高漲，村民六親不認地持續誦唸著，那聲音遠遠傳來又遠遠飄開，有些蕩氣迴腸。牟常在只能抓著吊腳樓的邊緣，被感染似的搖頭晃腦。到日頭漸漸滑落的時候他的手已經近乎沒有知覺，僵硬麻木，繃起的青筋罵罵咧咧地責怪牟常在如此漫不經心。

爬下吊腳樓，那些村民還跪著，牟常在伸展了一下肢體，盡可能不發出太大的聲音。但手腕骨還是「喀、喀、喀」地，等他驚覺停下動作，那些村民的唸誦停了，這村子可真靜。若不是現在這樣的狀況，在這裡生活幾年或者也不錯。想必比部隊裡好得多。家鄉呢？家鄉早已沒了親人，那時一起被國民政府拉壯丁的時候，牟常在試著回過頭看看自己從小生長的村子，隔壁幾戶的、好像叫二蛋吧，家裡老娘哭得稀巴爛，誰都不想這樣的時節被抓壯丁。

整個村子卻也沒有一個人替自己哭了。

被拉走的前不久隔壁老奶也走了。牟常在告訴自己，別回頭，其他人回頭有人哭，自己回頭自己哭。但還是忍不住了。爹媽留下來的破土屋，隔壁老奶那張都包漿[33]了的椅子還在屋門裡邊，也對著自己揮手。真靜。牟常在醒轉過來，「唰」地一下回過頭去。

[33] 物品長期摸弄導致的光澤。

牟常在忘了那始終告訴自己的，別回頭，別回頭。

但還是回頭了。

（四）撤離

牟常在夜裡睜開眼的時候，二馬站在自己身旁。大寶頭習慣窩在角落，炕上舒服的地方留給二馬。自己靠牆睡，總是面對著門。不疑有他，牟常在長長「嗯」地一聲展開身體，看著二馬。

這已經是好多天了，二馬總是夜裡醒轉站在自己身旁。起先牟常在還會問，咋不睡站哨呢？二馬總沒回答，隔天起早問了二馬也說沒這回事，牟常在也想起隊伍裡確實有這樣的兵，晚上起夜，叫夜驚。夜驚可不能喚醒，喚醒了會掉魂。

牟常在搖搖頭，在部隊那會兒，也沒聽說過二馬會夜驚。一開始牟常在想當然的以為是二馬急了，要趁夜離開，但他就是不說，也不動，就看著自己。這事也沒跟大寶頭說，有幾天潘子回來擠著睡，好像發現了這事，又好像沒發現。樓裡夜裡沒點火，透過村子晚上會燒的火稍微能看見二馬的表情。

跟那一天的猴兒鬼一個樣子。

那天村民祭祖，牟常在回過頭看見了猴兒鬼。是真正看見了，牟常在第一次看見這個莫名跟著好多時間的娃兒，將臉上攤開。那是一張很普通也很不普通的臉，大部分地方其實與南方人沒啥兩樣，眼睛不大有點垂，鼻子也就那樣，不是很醒目。就是不普通在那嘴巴。這猴兒鬼的嘴應該是有什麼傷，嘴角潰爛，牙齒都翻出來了，看了就讓人覺得疼。好歹是上過戰場的，什麼爛肉沒看過，牟常在才沒一下子驚呼出來。那時才突然想起自己作賊一樣偷瞧人祭祖，也不知道有沒有犯了忌諱，但還是裝了一下，鼻子「哼」地一聲，從猴兒鬼旁邊走回。

二馬牙齒沒翻出來。

但特別舒適的是，二馬掉光了的牙竟然長回來了。他自己也拎不清是咋回事，誰都是頭一次聽說掉了的牙還能長回來的。大寶頭問了，是不是小時候沒掉牙這時候才掉牙？二馬還有點虛，呸了大寶頭一聲，說你當批的雞巴還沒發芽呢。大寶頭也是胡搞，拉開麻衫露出雞巴，肥肥短短的，隨著他的動作搖晃得像沒有根據地的孤兵那樣，晃起來有些難看。也難堪。大寶頭抓著雞巴說，哥怎麼辦，我真的沒發芽。那白白肥肥的雞巴確實一根毛也沒有。二馬啐了一口，大喊晦氣。

情況確實是好上許多，二馬也沒一直說要撤了。精神稍微好一點之後，二馬又開始話癆，一下子說哪裡的姑娘水靈，一下子說吃過啥好吃的，整得大寶頭成日聽得流哈喇子[34]。牟常在笑著問魯明寶，大寶頭啊，你操過沒有？大寶頭仰起臉，脖子後面皺成了幾條麵線，說當然有。再細問他，就開始支支吾吾了。

好光景沒有持續幾天，接下來吃食開始有些不固定，有時候一天兩頓，有時候整日也沒人送吃食來。最要緊的是二馬又開始發燙病懨懨，好像前幾日那個批款卵款[35]的二馬又死去了一樣。加上幾天幾乎都關在吊腳樓裡，是人都要瘋了。牟常在吸取經驗，便不孤身一人，抓了大寶頭一起想找村民要點退熱的草藥，這裡肯定沒有那些洋人的藥。大寶頭跟在身後，還沒有到那祭祖的廣場，潘子就來了。一開始還不知道是潘子。蒙著頭臉一頭莽過來。越來越熱了，潘子這樣蓋頭蓋臉看了都讓人發汗。

「阢哰哈啦，啊當嘎殺。」潘子微微低下頭說著。

大寶頭一聽渾身發顫，想也沒想就跑開了。牟常在這時也不急著追。

「你丫的倒是越來越像這村子裡的。」牟常在說。

潘子遞給一根菸，悶聲說著：「你幾個去哪兒？」

「二馬發燙，想問問有沒有退熱的藥草。」

「我去給你們問，先回去，這幾天過了就好了。村子現在正緊要關頭，好像是要抓咩哈打。」潘子說道。

「啥打不打的？」牟常在問道。

「我也拎不太清，總之是什麼犯了錯誤的人，要讓他們的母神懲罰之類。」

「這犄角旮旯裡的破村子，花樣真多。」牟常在不經意地說著。

潘子吃驚：「別胡說，下回別這麼欠[36]。」

34口水。

35貴州方言，囉唆、廢話多。

36嘴欠，貧嘴、亂說話的意味。

大寶頭果然跑回樓裡，啥也不說就玩著他兩顆槍子兒。牟常在過去問他幹啥跑那麼急，大寶頭說了，那幾個字他一聽就全身疼，不聽。

●●

夜裡，大寶頭喚不醒。幾次之後二馬說，不成了，得快走。牟常在只好抓起一旁的布把二馬背在身上，用布牢牢緊著。這幾日越來越怪了，沒啥吃食不說，潘子也神神叨叨總問著怪問題。說著，這裡很好。咱們需要為了這村子的偉大母神奉獻，說牟常在幾個還沒感受到母神的慈愛，要他們沒事多唸誦唸誦。大寶頭不樂意了，差點讓潘子搥了。

二馬又虛，還是不斷告訴牟常在，真的得撤了。牟常在本就無可無不可，尤其吃食開始少了，這詭異的地方沒了吃食，倒也沒什麼念想。那晚本都跟大寶頭說好了，不知為何怎麼也搖不醒他。

二馬當機立斷，兩人就這麼連夜跑了。

出村子的路還得經過幾個吊腳樓，此時卻靜悄悄什麼人也沒有，沒有蟲鳴。這可是緬北，這些日子已經熱得難受整身黏乎乎，但一隻蟲子都沒有？莫不是這裡跟老人口中說的老苗族一樣把蟲子都抓了？

腦子亂糟糟想了破天，身上的二馬，說是虛了卻也沉得很。扛著個大漢子跑差點沒要了牟常在半條命。這幾日尤其沒啥吃食，跑沒兩步便氣喘吁吁，覺得胸口被人拿刀子捅了好多下，視線也越來越不清晰。

地是乾的。牟常在赤足奔跑，倒也不是不想把掛在脖子上的鞋穿起來，是前些日子鞋子濕了又乾，踩穿了，脫殼了，跑起來不利索。等出了這個村子能找到其他地方問人拿針線啥的補補。赤足生疼，好險天上掛著亮晃晃的月亮餅，勉強還能照著路不會跑到山溝子裡。

等到二馬拍了拍牟常在，停下腳步後，才看見前邊站著幾個人。麻衫。當中一個特別高大。那是潘子。牟常在將二馬放下，好幾口氣沒喘過來差點眼睛一暈就倒下了，拿出吃奶的力氣才站妥當。

這是逃離村子的第二天，跑跑停停不知道幾里地，牟常在不知道自己是否有些慶幸潘子追來了。要不是二馬堅持，牟常在或許早已放棄。中間有一度二馬自己下來走跑，速度慢了些，但牟常在也輕鬆了些。

「別走了。」潘子說。

「你丫的怎麼在這裡？」牟常在問。

「來找哥幾個。」潘子笑。

二馬啞聲問：「大寶頭呢？」

「大寶頭？當然在村子裡，這會兒可能在幫忙祭祖吧。」

潘子笑的樣子特別好。

還剩下一點兒月光，斜斜砍在潘子臉上的疤那裡，好似潘子臉上就沒有那條疤痕一般，牟常在說，別花屁股[37]了，把自己活成別人村子裡的樣子，你到底是不是潘子？潘子聽了也沒生氣，走向前靠近兩人，推著肩膀就想讓兩人走回頭路。二馬氣不打一處，別開身子一拳就扔在潘子臉上。但氣虛的二馬哪有幾兩力氣，就像兄弟玩笑摸了一把一樣。

牟常在心想，太虧了。二馬被潘子搥掉了牙，潘子被二馬搥只吹了一臉風。

走吧走吧，哪裡不是歸家？

走吧走吧，這天就是俺的行囊。

走吧走吧，好好活著，早日歸家。

牟常在一邊胡亂唱著兒時聽過的歌，歪歪倒倒扶著二馬。有幾段路還將他馱在身上一起搖晃。牟常在走不動了，想趴在土路上任由鋪天蓋地的疲勞殺了自己。這人生啊可真累，從這裡走到那裡再走到那那裡然後是那那那裡。就沒一個地方可以讓自己好好停下來，晨早上工搞點大饅頭，中午幾把熱菜或者酸菜夾著熱雞蛋塞兩碗大米飯，晚上好好洗個腳嗦碗麵吃得滿頭大汗再美美地睡下，隔天繼續上工。

娘批的，這麼難的嗎？

●●

都是耗子肉一樣的臭肉。

不管是被抓回村子的路上，還是回了村子以後的吃食，都是肉，都是臭耗子肉一樣的臭肉。二

37很髒，引申為亂搞。

馬虛在炕上、大寶頭始終不見人，潘子說大寶頭打幫手去了，我看不是。再來牟常在也輕易出不了屋子，成天外頭都有人看著，把自己當戰俘了。

牟常在氣瘋了，忍不住時衝到門口，對著那幾個村民一陣亂吼亂叫，把那些村民趕跑。隱隱約約牟常在覺得這是最後一次跟二馬一起在路上了。回村子的路上他一直這麼想，不是因為二馬虛成那模樣，也不是潘子那古怪的臉龐。牟常在知道，孫軍長炸橋那時候，潘子跟二馬怎麼留下來的不知道，大寶頭明確是自己看見了順便拉了才撿回一條命。至於自己……

炸橋前牟常在就一直有點感覺，自己怕是要離開大部隊了。那時也不知道怎麼著，明明跟著行伍前行，他便打亂陣行自己端著槍往前狂奔，引起了大騷動。在部隊裡這是要命的，叱喝聲此起彼落，連長瞧著自己，手槍都差點沒拿出來。但牟常在就是跑，往前跑，後面要完蛋了，後面要完了那樣狂跑。沒多久就聽見後面炸了，或者也不是沒多久，但不知道。那時只知道跑，具體多少時間才炸的，真不知道。

潘子從吊腳樓外走過，跟著村民。眼睛都沒往牟常在看。牟常在大喊，你丫的能抓我幾次！吼完就洩氣了。二馬再也沒提要撤的事了，不管牟常在怎麼問。二馬眼睛厲害了，可以睜著老半天，眼珠子都紅了還能睜著，也沒誰跟他玩這猴兒遊戲。那臭的耗子肉二馬也不吃，說實話如果有得選，牟常在自己也不吃。

夜裡，牟常在靠在牆上望著外頭。吊腳樓是沒有門的。

二馬的牙開始亂長。一顆一顆拐出嘴巴，看起來有些嚇人。牟常在也不慌，看多了就沒啥。頭被槍子兒從後腦爆開的樣子，後腦兒就一顆洞汩汩地冒血，前臉是直接像爆破一樣捲開，從裡往外翻，冒著煙。人那麼大一個兒，槍子兒小小一顆，從身體裡挖出來不過指節一樣，但人終究抵不過一顆槍子兒。也抵不住鎮日的餓，抵不住那些惡。

二馬偶然醒轉時候會發囈，說著些胡話。牟常在聽不明白，也不聽了。時間肆無忌憚地往前跑，牟常在的時間沒有什麼價值，像臭掉的耗子肉。大寶頭有好多好多天不見了，兩顆槍子兒還擱在屋子裡。牟常在猜想，這或者是大寶頭最後的慷慨，必要時候讓他可以自己崩一顆豆兒，一了百了，省得讓人玩著死不了。

在戰場上多的是中了彈痛不欲生的兵，那個殘忍只有見識過才知道。戰場上是沒有血腥味的，至少牟常在從來沒聞過。那裡只有煙硝味、塵土味還有自己身上的酸臭味。斷掉的腿骨頭白花花岔開幾個尖尖，肉沫一地。旁邊可能有哪個鄰兵的腸子，可不知道原來人的腸子有那麼長，炸斷了都還能繞幾尺那麼多。那時候只會想有一個豆子，朝著腦門崩一下。聽過前鋒連的人說起，打腦門其實不會那麼快死，但不會痛。腦子打壞了就沒能想太多，這不啻是個好方法。

牟常在笑了，將兩顆子彈收好，放在摺好擺一邊的軍服上衣口袋裡，跟那兩枚甲片一塊。四一四團督導日誌隨著一陣風吹開，一頁一頁像單兵點人頭一樣舉手，放下又舉手，放下。

••

天氣越來越熱了，村子裡的祭祖好像永遠不會停一樣。這都多久去了。

此地沒有蚊蚋，奇怪得很。

風吹來都是黏乎的，牟常在見到大寶頭的時候，就是最熱的那個時候。日頭烘烘烤著腦門，吊腳樓的後面有一座橋。橋不是跨水的，是跨個土丘往後面林子，那一端接著林子就沒了路，感覺早時那裡沒有林。但路往那裡有何作用便瞧不明白，有時牟常在會覺得那林子到底是不是個蜃影，其實那裡是一片稻田，或者一片湖。

大寶頭那時就站在橋的那一頭，身上穿著那破爛成條的臭軍服。牟常在說，大寶頭你跑哪兒去啦？大寶頭你個當批，哥沒喚醒你，也不知道跟上！

牟常在沒喊了，橋不長，村子裡靜得很。大寶頭看不清表情地站著，有些遠又有些近，牟常在以為自己淚花了眼，使勁兒抹了把眼睛。

大寶頭說，那是不好的，那是不好的。

啥不好呀？牟常在喊出聲了，就差沒一步跨過橋去把大寶頭抓回來。那時候炸橋也是這樣一把抓著大寶頭衝，才衝出元江的殺人水。

那是不好的。

大寶頭沒看見，那猴兒鬼站在他的身後。牟常在想提醒提醒大寶頭，但那是不好的那是不好的，牟常在心裡難受。那夜撤了沒帶上大寶頭，二馬沒說自己也沒說，但遺棄戰友的痛苦感覺像是被扎了幾刀一樣。

大寶頭，不是哥不喚你，你丫的睡得跟死豬一樣，哥喚不醒啊！

那是不好的，那是不好的。

大寶頭你先過來。

那猴兒鬼在大寶頭身後笑了。看不見大寶頭的臉，卻看清了那個笑。

大寶頭轉身走了，往林子裡。剩下那個猴兒鬼，笑起來讓人發牙[38]。牟常在衝過橋的另外一邊，卻怎麼也找不到魯明寶了。吊腳樓此刻歪了一個腳，會倒的。

••

夜裡總感覺整個屋裡都是人。

牟常在得將衣服拉開才能感覺自己呼吸好了一些。有時睜眼看了下二馬，眼睛骨碌骨碌轉，牟常在知曉，二馬肯定也感覺到了這屋子裡滿滿的人，鼻息聲都快恰[39]到耳朵裡面。那因為呼氣來的熱，與真正氣候上的熱不同，是種乾巴巴又特別讓人不耐的，二馬肯定懂，行軍時露宿大夥兒擠一塊兒就是那樣。

燥得很。

「這是他們的神。」大寶頭說。

牟常在於屋子外面看見了大寶頭，懷裡揣著顆石頭，咧著嘴笑。一把接過石頭拿進屋子裡，大寶頭就不見了。這看起來像個破蛋殼的石子也是這村子的神？二馬起身把石頭端著，左瞧瞧右看看。牟常在說，大寶頭又跑了。

「跑了好。」他說。

「要不我去喊他回來？」牟常在問道。

「別費事了。」二馬答道。

「怎麼就費事了？」

牟常在略微惱火，當初要拋下大寶頭的也是他，現在不讓找的也是他。

二馬端著石頭，楞楞地看著牟常在好久。

「牟子，你多久沒睡了？」

38 發毛。

39 衝入。

「我才剛醒。」

牟常在回過頭，潘子在門口。這吊腳樓是沒有門的。

潘子沒說什麼，看了一眼石頭，

「阬哖哈啦，啊當嘎殺。」他說。

「殺你！」牟常在怒喊。

● ●

看見了，那不是假的。

大寶頭跪在那顆石子前，不知道從哪裡弄來幾根蠟燭。

那破蛋殼開始晃，開始晃，然後大寶頭靠近那蛋殼，手伸過去，被吃了。一路從手開始，胳膊、奶子、脖子、頭、肚子。大寶頭被那顆石頭吞了。牟常在衝向前，卻好像被隔著一層硬牆，怎麼也過不去就這麼眼睜睜看著大寶頭留下一地的血。娘批的打仗沒死，炸橋沒死，跑水沒餓死，讓顆破蛋殼吃死了。牟常在聲嘶力竭地吼著罵著，二馬睜開眼，對著他笑。

一、二、三。

二馬吃耗子肉吃病了，牙長了三排，一層緊接著一層。

看起來挺嚇人但功能應該不差，咬肉舒適多了，一口比別人都大口。下次逃命的時候二馬肯定餓不著。

一、二、三。

那是不對的！大寶頭的聲音又響起。

然後潘子一拳頭直接扔在二馬的臉上，不知道何時他來了，向二馬搶那個石頭。不就一個破蛋殼嗎？牟常在想去拿著，讓他們別瞎逼，再去村子裡多拿幾個來不是很舒適的嗎？拉不開他倆，牟常在感覺必須找幫手，否則二馬要給打死了。自己在想拿石頭的時候也被潘子扔了幾拳，不痛，就是有些痛快。

村子裡找不到那個猴兒鬼。

唯一熟識的就是那娃兒，肯定會幫忙勸勸。但是找不著。

是了，那猴兒鬼的牙，是不是跟二馬好像啊？

人的耳朵其實不太會流血的。說起來很無情但事實就是如此，同樣都是身體的器官，耳朵就是沒那麼多血，夠可憐的。被二馬咬上的時候，牟常在唯一的感覺是雞巴有點癢，輕飄飄的，想放水。人少了一個耳朵之後聲音聽起來有點渙散，說不上來，就是聽得見但聽不清。牟常在睜開眼之後，整個耳朵都沒了，二馬嚼著自己的耳朵，牟常在都要洩精了。

「嘎啦、嘎啦、嘎啦。」

「嘎啦、嘎啦、嘎啦。」

這聲音極度讓人不想起身，吃了吧，吃了吧，這麼多天二馬都沒吃，倒是自己吃了不少耗子肉，成日只吃耗子肉，吃完每天吐，還壞肚子。但餓啊只能繼續吃。要不是自己嘴搆不著，另外一隻耳朵倒是可以嚐嚐。之前整天瞄著大寶頭的脖子，那白白嫩嫩的肯定好吃，但比不上耳朵的香。

村子裡隔壁老奶以前也弄過豬耳朵，「嘎啦、嘎啦。」

如果那時候被抓壯丁，老奶還在，有沒有人會為自己哭一把呢？

牟常在知道，二馬開始不對勁了以後，自己得跑。跑不過老奶追著自己打，跑不過國民政府抓壯丁，跑不過炸橋的泥水，還是要跑。被吃了耳朵之後幾天，二馬或者是飽了，成日躺著不動，或者跪著喊著些什麼。

牟常在拿出刺刀將自己的腳趾甲修整乾淨，一撇一劃好像讀書人寫字那樣。慢慢地一刀又一刀，來回拉割。「唰、唰」地聲音聽起來讓人心靜。二馬的鞋比自己的大了一些，但比較耐，還沒破開。偷偷置換過來之後，還隨手拿了布條將它擦洗乾淨一些，鞋墊倒是抽換掉，換成自己的。雖然小了一些但比較貼自己的腳。依例塞了塊小布進去鞋尖之後，牟常在便慢慢地等著。這段時間不顯得特別漫長，有時一晃眼就天黑了。

這中間那猴兒鬼來過幾趟，一開始對牟常在也不怎麼搭理，就逕自去照看二馬。牟常在覺得，二馬此時像是被圈養的雞，飼主總會來看看是不是夠肥了，可否宰了。直到那一天夜裡，時候到了。

一夜無眠，二馬滾動身子下炕的那會兒，牟常在心跳劇烈跳動著。聽見腳步拖在地上的聲音，牟常在轉過頭瞧著二馬。那咧開的嘴有三排牙，哈喇子流了整個下頷。心頭隨著他的腳步聲一起一下又一下地搥著，嗚咚嗚咚。

這一刀，牟常在還是下不去手。手裡分明捏著刺刀，看著二馬的臉，想起自己同他剛碰面那會兒，他一耳朵便聽懂了自己是貴州人。剛開始啥也不懂，多賴他照料才能在隊裡好好活著，要不，連一口飯菜都沒得吃食。

二馬啊。牟常在說。

哥幾個就剩咱倆了，本來該給你一個痛快，但我是真的下不了手啊。

二馬啊！

反手抓著刺刀，拿柄敲了二馬一下。

那嘴張得像要裂開一樣，即使見多了這樣那樣的噁心臉，牟常在還是忍不住心頭一緊，接著就覺得自己耳朵那裡微微發癢。看著自己的手指都是乾涸的血跡，這幾天恍神時候禁不住已經抓了幾次耳朵，又痛、還癢。推開二馬之後，牟常在麻利地穿上了自己破成條的軍服，套上鞋，將布包攏上。

衝出吊腳樓的時候，一把撞上了那個猴兒鬼。牟常在捉著刀一臉不善地看著他。猴兒鬼沒有說什麼，比手畫腳的。好不容易才看清了意思，好似叫自己快跑，之後一定會有人追上，快跑。

「阮咩哈啦，啊當嘎殺。」他說。

那意思敢情是如果有人追上，就要自己跟著喊。

牟常在點點頭，猴兒鬼讓開身子，那便是一騎絕塵的姿態。然後好幾天沒啥吃食，跑了幾步牟常在便感覺力不從心。但是得跑啊！跑過這一座山，再跑過下一座山。

路邊看見了一堆烤火的痕跡，牟常在心裡踏實了。如果沒錯，這是好久之前自己哥幾個留下來的，若不仔細瞧根本看不清。天空飄著雨，打在身上涼快許多，張著嘴牟常在努力讓雨水的冰涼與解渴拯救自己。

轉過頭後面已經隱約可以看見穿著麻衫的傢伙。

他們恐怕是吃不夠。

吃了大寶頭還不夠。

潘子吃不夠。

二馬吃不夠。

娘批的，我也吃不夠啊！牟常在大喊。

●●

跑過這座山，還有下座山。但這座山卻怎麼也跑不過。

那些麻賴追得很緊，牟常在不過找了個山坳子休整一下，遠遠便可以聽見他們追來的聲音。麻賴不說話，但這裡實在太靜了，那樣的聲響震耳欲聾。兜兜繞繞好多天了，連停下來啃點果子的時間都快沒有了，好壞總可以找到一些水。要不是這些水牟常在恐怕早就趴了。

當再次看見那烤火堆的時候，牟常在知道自己想錯了。這根本不可能是自己哥幾個那時候留下來的，是這些麻賴留下來的。不知為何，跑著跑著總覺得身邊有個麻衫的影子跟著自己，定睛一瞧又什麼都沒有。太餓了，餓得頭昏眼花，身體卻還在往前。終於牟常在沒有力氣了，癱倒在地上。腿肚子一個勁兒地打顫，嘴裡像可以噴出火那樣難受。

胸口的兩顆槍子兒在跑動的時候撞出清脆的聲音，但此時此刻他手裡沒有槍。槍子兒也沒用。但還有刀，有刀可以了結自己。

穿麻衫的麻賴走來的時候，牟常在正算著腳步。好歹就是一刀暴起，若沒結果，就了結了自己。呼吸還沒勻，慢一點啊，慢一點啊牟常在心裡大喊。

猴兒鬼拉下罩著臉的麻布，扔了顆麵團，掉在地上沾滿了土塵。牟常在拾起麵團咬了一口，竟然呸不掉嘴裡的沙子，偏偏嘴又乾得燒火，嚥也嚥不下。猴兒鬼再丟下一個牛皮水囊，就是村子裡用的那種。牟常在狠狠地灌了幾大口，火總算是滅了，對著那麵團就是猛力對付。遠遠的還可以聽見麻賴人還在，這猴兒鬼真好心。牟常在心裡想。

勻過氣來之後，牟常在總算能開口了。

「娃兒，真是非常謝謝你，那時候我對你那樣，沒想到你還……」

也不知道這猴兒鬼聽明白了沒有，只見他往前走了幾步，回頭示意牟常在跟上。牟常在只能使勁搖頭。跑呢？咋跑？若不停腳還兩說，一停下來整個人都洩氣了，只想找個地兒躺下。

不跑了，不跑了。牟常在咕噥著。

猴兒鬼似乎是聽明白了，竟然做出好像點頭一樣的姿態，往反方向走去。那是麻賴追來的地方。

牟常在顧不得太多，揑著刺刀席地躺下。

這麼多天來，這是第一次真正闔眼。

隨即睜開眼，不知道什麼會等著自己，於是摸索著，將袋口裡的那兩顆槍子兒拿出來，咬一顆在嘴裡。

再次醒轉過來的時候，猴兒鬼在旁邊。牟常在看了看四周，卻好似不在原本躺下的地方，前邊地上有一條長長的痕跡，看來是猴兒鬼將自己拖來此處。猴兒鬼起身，左晃右晃地跑開了，此時牟常在才低下頭，看著自己露在外邊的雞巴。

心裡一個突兀，莫不是這猴兒鬼？

還是自己睡到昏死，又夢到了黃裙子大姑娘？

全身還難受著，又疼又僵，勉強站起身，槍子兒從嘴裡掉了下來。想必剛才是因為男性的那啥刺激，才讓自己醒轉。想到這裡，倒覺得好笑起來。全身都要散架了，雞巴倒好，雄壯不已。這點小事讓這荒唐的日子有了些生氣，唯獨跑不見人的猴兒鬼讓牟常在有些不安。但他卻強壓下這種不安的感覺。別。別怕。一怕就沒好事。

水囊裡又裝滿了水，牟常在努力對付了大半，剩下的裝上自己的壺裡，還能剩一些。猴兒鬼大致是在牟常在將自己打理一頓之後就出現了，手裡端著一塊布，裡頭包著肉，是生肉直接掛乾的。牟常在將其接過撕成條，囫圇地咬著吞下。接下來，往哪兒去？牟常在口齒不清說著。猴兒鬼看了看牟常在的褲襠，盯著。

「看啥啊！」牟常在渾身不自在。

那眼神不充斥著什麼好奇或者厭惡或者什麼，而是一種……看著食物的感覺。這讓牟常在雞皮子都抖起來了。

將掛肉吃了一半，另外一半遞回給猴兒鬼，他搖搖頭。

索性將掛肉收進布包裡，手裡滿是掛肉獨特的臊味。

猴兒鬼起身，示意牟常在跟上。站起來活動活動，發覺還好自己年輕，長年的行軍倒是造就了不錯的體質，一腳深一腳淺的，慢慢跟在猴兒鬼的身後。

「認識這、這麼久，還不知道你娃兒叫啥名啊？」牟常在喘息著問道。

猴兒鬼回頭看了他一眼，沒回答。自討沒趣，但也沒啥好害臊的。太熱了，走沒幾步牟常在就渴得難受，但沒敢喝水。這時候一旦喝水脹肚，走起來就更不利索了。這娃兒可能不是麻賴人，說不得也跟自己一樣誤打誤撞進了村子，成了人質。路繼續往前，就像永無止境。隨著肉體的苦勞，牟常在不停想起那天，橋的那頭在林子邊的大寶頭的樣子，一些畫面不斷重疊。大寶頭對著自己說，那是不好的。但又有另外一個畫面，大寶頭根本不在那兒。

不對！不對！頭痛了起來，像一槌子扔在頭上那樣痛。

大寶頭在那裡，那裡有一塊石子。大寶頭渾身赤裸裸，身上沒一塊好肉，不像是刀切的，像是被活生生啃的。大寶頭是你嗎？那塊肉是你嗎？頭好痛啊！

牟常在停下腳，猴兒鬼往前了十多步才察覺回過頭。

對啊，那一天看到的是大寶頭的肉，而這猴兒鬼在一旁笑著。拎起一塊肉，像問牟常在要不要來一塊那樣。

我吃了嗎？

我吃了嗎？

牟常在問自己。

那是大寶頭啊！我吃了嗎？

（五）以我為祭

掛肉吃沒了。轉身想跑，沒有了一點氣力。是不是被那猴兒鬼麻[40]了？數不清這是第幾天了，牟常在覺得自己的身體好像不那麼必要了，那只是個沉重又破爛不堪的東西，就像那會兒清掃戰場肩上扛的、死去的那些弟兄，明明人沒了還那麼沉。自己也要沒了，都要沒了。

在看見村子口那幾個屋，牟常在知道自己白忙一場，回頭沒有路，往前不是路。麻賴村裡一陣

40 貴州方言，欺騙。

靜得發牙，那些貪婪的村民，那些想把自己給吃了的村民。眼裡迷晃晃快瞎了，一步深一步淺地往原先棲身的吊腳樓後面走去，任憑哪一個樓後面隨時會衝出幾個穿著麻衫不懷好意的沒臉見人的老賴[41]想生吞活剝了自己都好，牟常在想去看看。

在夢裡自己成了那顆蛋，那個像蛋模樣的石子，有一個手臂那麼高。環顧四周，都是應該要死卻沒有死的人。大寶頭傻批地笑著，讓自己這顆蛋將他給啃了。橋的那一端是個林子，稀稀疏疏的好似一眼可以看到鎮山村子口的市集，鎮山村的老村長在邊上抽著旱菸，老奶一臉忿忿地裝了一大菜碗的米飯讓牟常在趕緊過來吃。

而泥濘的地上只有一件破爛軍服，爛到沒有形狀的軍服上一海[42]的飯蚊[43]。第一次在這村子看見蟲，牟常在哭了。白蟲、飯蚊成堆，牟常在撲了過去，手上盡是些死耗子般的泥，紅黑有點白的骨子，撈啊撈，撈啊撈，撈出個軍牌。使勁兒將軍牌上的髒汙揮去，牟常在整個指甲縫裡都是大寶頭了。

魯明寶。

用力撐開已經模糊的雙眼，牟常在悄聲唸著。

走不開了。

不知道自己是怎麼回到那個吊腳樓的，到底也是哪裡都沒得去。那廣場去不了，沒氣力了。但牟常在人沒進樓，在樓後頭的底柱邊上靠坐著，起了一陣風。他對著二馬說道：「二馬，咱哥幾個繞了那麼遠，想家不？」說完便自己笑了起來，風打在臉上，好像被誰摸了一把。自始至終，如此摸過自己臉瓜子的也就自己了。還在學哭的那時候，不知道爹媽有沒有這樣摸過自己？

「二馬，你還記得咱貴州的黃果樹麵不？娘批的撒上幾兩腸旺。」

「你站這麼高，看見咱村子不？」

馮萬琛吊在粗壯樹的枝椏上，起風時整個身體像打了勝仗之後圍著大煮鍋開心吃飯跳著舞的連長。恰、恰恰、恰、恰恰恰。麻布擠壓枝椏的聲音，就跟那個連長歡快跺在地上，轉了轉、跺跺

41 無賴。
42 貴州方言，一大片。
43 貴州方言，蒼蠅。

腳，聲音一樣的。

「二馬啊……」

「我好餓啊。」

••

那個廣場一個人都沒有。潘子孤零零在那裡，身子扭得像被七七野砲[44]夯過一樣。全身都濕透了，牟常在想，這就是村子裡祭祖最得當的樣子。腦子被開了瓢，紅的白的流了一地。嘸了一口唾沫，誰不是呢？來的時候沒法子呼朋引伴，走得也是形單影隻。

那滿地的白紅，讓牟常在想起了豆腐腦兒。如果能來點辣油澆去，拌個幾圈，香昏了都。滿地的白紅啊，牟常在吐了一地，在吊腳樓裡。不知道自己是怎麼走回來的。好似自己悶著頭在村子裡走，看見了飛機，以為到了蒙自，潘子一直說要大家去的蒙自，那個可以跟部隊會合、可以回家的蒙自。

牟常在拖著潘得勝的手，塵土飛了滿天，地上劃出長長的一條線。沿著這條線不斷延伸，往前再往前，飛機要起了。躲過那些像突然出現在身邊的槍子兒跟砲火，拖著潘得勝，就這樣直到醒轉過來。

吊腳樓有著淡淡的腐臭味，還有一絲絲的酸。酸味牟常在幾乎不要太熟悉，這幾年就沒有一天自己不酸的，也沒能管上其他人。屋裡屋外影子重重，但安靜得讓人發慌。透過敞開的門洞，有好多東西在外頭影影幢幢，牟常在也不騙自己，那些村民來了。

「阭哞哈啦，啊當嘎殺。」牟常在小聲地唸著。

「該殺啊！」

將「四一四團督導日誌」放在炕上，唯一的一枝筆也妥妥地放置好。牟常在咬著一顆槍子兒，另外一顆與大寶頭的軍牌擺一塊兒。地上有一小團亂土，上面插著一把刺刀，邊上寫著「黑」、「今」兩個字。牟常在把馮萬琛的牙種在那下頭，也算對他的承諾。潘子的臉都爛了，都爛了。

外邊，一直傳來聲音。

---

44 抗戰時期國軍武器。

「喀、喀、喀。」

「嘎啦、嘎啦、嘎啦。」

嘎啦，嘎啦。牟常在躺倒在地上，眼睛望著吊腳樓頂，那兒有一張臉對著自己。那是猴兒鬼嗎？不是吧。

「二馬，兄弟把你的牙落葉歸根了。」

「大寶頭，哥有沒說過，你笑起來挺好看的。」

「潘子唷……」

潘子啊，我是真的想不起來，你的瓢是不是我開的了。

我實在太想吃豆腐腦了，好餓啊……

牟常在喃喃自語，樓子外頭那些影子慢慢靠近，嘎啦、嘎啦。

阮咩哈啦，啊當……

啊當。

這是關於麻賴、撤退以及這幾個人最後的相關紀錄。

一九五〇年初期，滇南戰爭後，第八軍李彌率軍自雲貴地區退守緬甸，部分敗逃國軍失散，

一九五四年重新整編失散國軍於根官，仍有部分失去聯繫，以失蹤、殉職造冊記錄。

一九六一年十一月，泰緬邊境國民政府軍依照撤離協議，「中華民國雲南反共救國軍」分三梯次自緬北、泰北撤退，抵台稱「忠貞部隊」。駐紮泰北清萊省西北方美斯樂第五軍與駐紮清邁省唐窩第三軍李文煥將軍，收到國民政府祕密指示決定以自願名義留下，於泰緬邊境聯合作戰，為異域孤軍。

此「麻賴村見聞」於一九六一年「雲南反共志願軍」第二次撤退時，第四軍張偉成軍長麾下第五師人員攜出，撤退過程中經由該人員口述傳閱，為緬北趣聞小範圍流傳。後該文件隨撤退軍流至桃園龍岡忠貞新村，下落不明。於二〇二三年「儂萊度假村事件」登上新聞版面後，網路出現此文件照片及部分內容，在知名網紅影片揭露之後，引起網路討論。記者前往報導後，提供文件者卻失聯，該文件亦下落不明。

文件揭露後引起不小恐慌，也引發許多喜愛刺激的年輕網友前往度假村探險尋求解答，甚至突破警方於度假村拉起的封鎖線，導致意外頻生，最終當地派出所封鎖度假村聯外道路兩個月，事件逐漸平息。

以下為該文件揭露部分內容與照片。

#

這是第三天了。

我看見橋被炸掉了。

五個人，二馬、鄰班的大寶頭，還有不知道哪一師、原先不認識的潘子跟一個布巾蒙著嘴的娃兒。

跟部隊走散的時候就我跟二馬兜一起，泥水往上沖啊只能望山上跑。補給沒了，咱倆靠著我小包裡的乾糧用鋼盔和著水塘的水煮開，抓幾把野菜湊合著過了幾天。啥都沒了。

後來遇見了帶著個怪娃兒的潘子，有點風乾肉，還有C糧食。還能活。搭伙一起逃，潘子說要往蒙自去。那兒有機場。

很餓。

#

這是第五天，二馬跟潘子打了一架，二馬左槽牙沒了，潘子傷勢不知。

那是二馬說，有聽見其他人邊逃邊說，二三七師的孫師長炸橋，叛了。潘子聽了就不好了，掄起沒剩下兩條布的袖子就蓋二馬臉上去了。

那之後潘子就不怎麼說話。我是明白人，我也聽了他們第八軍自己說了，孫軍長炸橋了。

晚上吃完最後的風乾肉，嗑得我舌頭疼。有得吃便好，明日事明日想吧。

睡著時候我聽見了大寶頭叨唸呢，說譚忠副團長會帶他回去。
有得吃便好，回去哪裡的，不想。

#

第六天，
潘子跟那娃兒早上睜眼就不見蛋了。
我搖醒二馬，想著往山上追去。
晚上了，嚼了些大寶頭挖的野菜根兒，潘子跟那娃兒還是沒個蛋。

#

不知道第幾天了，二馬嘴都腫了。沒啥東西好吃，整天昏茫茫的。潘子回來了，說那娃兒的村子在這邊上，要帶咱們同去。
別管蒙自還飛機了，得吃。
想活還是得吃。

#

往娃兒村子的路，那真不是人走的。
好歹中途娃兒帶了幾支燻腿，吃起來像驢子的。

我沒吃過驢，大寶頭說的。
驢也有像人一樣的指甲片。

#

望山跑死馬。
娃兒指著前面那座山，潘子說就在那兒。
咱幾個跑了幾天了都。
腳甲都脫了。二馬又掉了牙。

#

好容易到山屁股這邊了。
我就想喝碗豆腐腦兒，辣油蓋滿。
離家越來越遠了。
大寶頭說，他兜裡還有兩子彈。沒戲。
緊要關頭咱倆一人一豆。

#

這村子所有人都蒙著臉。

粗菜根，酸的。也辣。
有幾兩肉，挺好。

#

潘子到這裡就神神叨叨的。
幾天過去了（四五天吧）那領路的娃兒都不見顆蛋。
二馬又掉牙了。
這村子叫麻賴。潘子說的。

#

娃兒是給咱取衣服來了。叨叨著啥無摸蝦的。
非得逼著咱幾個跟著喊。「無摸蝦啦，牙燈搞啥」。
咱衣都算是麵條了也不先讓換上。
嘿，挺想來碗油辣子。無摸蝦啦，牙燈搞啥。
搞啥呢。

#

大家都蒙臉呢大寶頭說啥也不蒙。

晚上有顆蛋，挺碎，讓給二馬了。他牙掉多了去了。
講話崩塘。

#

每個人嘴都破。
說吃蒲公英能好。蒲公英能吃嗎
潘子老晚上把所有人叫醒。
不知道哪裡挖了土溜秋，腥得很。
烤出油，那個香。牙燈搞啥呢。
還別說，這幾個字，唸著洗腦。

#

出事了。
那土溜秋咋地不給吃，潘子給拉走了。
幾個沒臉見人的老槌子。
二馬說，隔天不放人，咱幾個莽進去。

#

潘子喊我的時候，啥也看不清。
沒事了。
還帶了點醃肉回來。
就是像潘子游了水，整濕整濕。
他說沒事兒，熱。
我說，熱你蒙著臉？牙燈搞啥呢。
大寶頭要我別再唸了。

#

壞了，二馬牙掉光了。
也沒咋地，麵餅泡爛糊些湊合。
這世道。誰不活著比死了遭罪。
無摸蝦呢。

#

也搞不清那些沒臉見人的在幹啥。
啥祭祖還是祭天的吧。
這幾日肉管飽，那就妥當。

二馬牙崩完了，整日窩炕裡。

#

二馬說，要走了。
我以為他沒戲了，他說要捎上他。
布包裡有些乾糧，不知道攢了多久。
都長白蟲了。
但我沒跟二馬說。

#

那不是祭祖。

#

二馬牙齒長回來了。
還更多，真是賺了。別老晚上站我炕邊盯著我。
那就特好。

#

潘子越來越像這麻賴人了。
大熱天蓋著大衣蓬。
大寶頭每天晚上數著他那兩顆槍子兒。
啥了不起，整團人都炸沒了，死啥可怕的。

#

錯了。
不是搞啥。

#

拗不過二馬，拿布包著他跑過半晚上，累得我。
有吃的有地方躺，跑啥啊？搞啥啊。

#

潘子要咱倆別跑了。
二馬對著他笑，給了他一拳。
潘子沒掉牙，二馬虧了。
晚上肉像耗子肉，真臭。

#

那真不是祭祖。

我發現，潘子湊在裡面。

得跟二馬說一聲。

得有十天沒看到大寶頭了。

#

二馬的牙長壞了。

大寶頭在後面橋那邊喊我，說那是不好的。

我沒說一起撤，讓他先回來。

大寶頭沒看見呢，那娃兒在他後面笑。

挺好的。

#

更熱了。

夜裡總感覺旁邊人多。

燥。

#

大寶頭把麻賴的神挪了過來。

就是個破蛋殼。

二馬挺好，把蛋抱著。

沒人來看呢。

潘子來了，沒說啥，還是那個牙燈搞啥。

#

蛋會吃人。

#

大寶頭的槍子兒我拿了。

找不到那個娃兒。潘子跟二馬搶著那破蛋殼。

大寶頭被那破蛋殼吃了。

#

我少了一隻耳朵。

二馬咬著我耳朵時候，我看見他有三排牙。

#

二馬似乎還不夠。

#

跑不動了，整個麻賴。
二馬跟潘子。
他們怎麼都吃不夠，吃不夠啊。

#

阮咩哈啦，啊當嘎殺。
被追上的時候就跟著唸，就沒事。
那娃兒說得真。
但追太快了那些麻賴。

#

這山，走不出。

#

娃兒帶著我跑。
這娃兒好像不是麻賴。
麻賴。
該殺。

#
娃兒帶著我，跑回了麻賴村裡。
整塊地兒裡靜得發慌。
我好餓啊。

#
發了個夢。
我是那顆蛋，是我把大寶頭吃了。
醒來後嘴很癢。
娃兒又不見了。

#
走不開了。

#

二馬吊在吊角樓後頭的那棵樹上。
潘子人濕透了扭著躺在祭祖那地兒。
我真餓。
醒來以為自己到了蒙自，坐飛機回貴州了。
豆腐腦真香。滿滿辣油子。

#

那豆腐腦是潘子的腦。
被我開瓢了。
好香。

#

這本子我放在這兒，娃兒回來會看到吧？
阮哞哈啦，啊當嘎殺。

#

來了。

西元一九六一年「雲南人民志願軍」第二梯次撤退過程，一名少年自稱從萬度本哈山區前來，將四個軍牌：潘得勝、魯明寶、馮萬琛、牟常在，攜帶交給志願軍第二軍撤退兵士。此外，並將一本「九十五師四一四團督導日誌」記事本交給第二軍第五師九十九團輔導連兵員王如根，經艱難溝通後得知潘得勝等四名兵員於走散後已不幸犧牲。

緬甸少年隨第二軍前進孟撒機場撤退，於抵達孟撒前失蹤。

少年失蹤後，王如根諱莫如深，將「九十五師四一四團督導日誌」手札交給鄰員之後不發一語。撤退抵台後拒絕前往桃園龍岡，選擇前往南投仁愛鄉，隨後下落不明。

據傳王如根最後露面於退輔會集會，以粗紗布裹臉，於角落不發一語。

失蹤後於其居住房舍內發現重複詭異紅色字跡。由於當時攝影不便並未留下任何資料。屋內桌上兩顆牙。

王如根所有訊息來自南投仁愛鄉退輔會某不願具名先生。

目前，「九十五師四一四團督導日誌」仍下落不明。

第二部

（一）流傳

穿著寬大蓬衣，撒著不知名粉末的老頭嘴裡唸唸有詞的時候，大概沒想過落荒而逃時，將自己胳膊啃一個窟窿的會是眼前這個大老闆——成雲建設負責人。那是太過自信了吧。第一次見到捧著大筆現金過來央求自己解決那個經常出怪事的工地，這個大家喚做「雲董」的大老闆，肩膀上那張不懷好意且極度不好惹的臉實在棘手。即使如此，老頭還是看在新台幣的面子上，硬著頭皮接了下來。

首先是工地總是大大小小的意外。最初懷疑是不是動土之前忘了拜拜，然而據現場主任的說法，該做的都做了，唯一有點疑慮的是動土那一天，燒金紙的時候有點發爐，本來認為是大吉兆，工地主任都決定工地秀要找更大咖的明星來唱歌，這次一定銷售極好。大概這樣想完沒多久，都還沒開口就聽見那金爐傳來了奇怪的聲音。

一般來說讓人毛骨悚然的多半都是尖叫、嘶吼抑或者陰沉的低笑。眾人圍著金爐，你一丟我一扔，彷彿拿著那帶著點臭味，不知道有沒有致癌物的金紙扔向那熊熊烈焰，扔得越大力，拚命要用金紙把火扔熄的態度，最能夠得到不知來自於何方的祝福。

那一天，工地主任聽見的是奇怪的嘎啦聲。嘎啦嘎啦的，一開始以為是工地一旁重機械的關節缺乏潤滑。但機械只是進場，尚未啟動。風也吹不動重達幾噸的重機械。燒著金紙、圍在一起的建設公司眾人都聽見了，一個一個轉頭望去，左看右看。工地主任說，那聲音好像就在耳邊，也像在遠方，一陣一陣地讓人心浮氣躁。眾人你看我、我看你，許久這聲音都沒有消失。現場代銷公司的一個小姐小聲地對著旁邊的人說：「嘿，這聲音，怎麼那麼像我老公睡覺磨牙的聲音啊？」

聲音戛然而止。

準備燃放鞭炮的小弟，怎麼樣也沒辦法將鞭炮點燃。

工地主任看著手錶，良辰吉時就要過了，怒氣沖沖走過去一把搶過小弟手上的打火機，刷了幾下火也點不著，不知怎麼地，回頭看見了那幾乎發爐的金爐，在眾目睽睽之下，伸手進去爐火裡，拿出燒到一半的金紙，逕自慢慢走向鞭炮處。

火還在他手上燒著，手也跟著燒著，其他人楞在當場不知如何反應，只當工地主任性子急不怕燙。鞭炮點燃了，劈哩啪啦響了幾聲，又「花去」。主任繼續湊上前點燃，又「花去」。如此幾次，旁邊的人已經看出不太對勁的地方，主任的手指頭已然有點燒傷了，甚至有點焦黑，傳出奇怪的……肉香味。土方的承包商一把拉過主任，拿著礦泉水就往他手上澆，嘴裡喊著：「阿榮，阿榮！幹你娘，阿榮！」水澆上手指頭，甚至可以聽見「滋」的聲音。「阿榮！」土方包商大聲喊了幾句之後，工地主任阿榮似乎是清醒了過來，不停回頭看著工地的一個角落。右手已經滲血，慘況讓旁邊代銷公司的小姐都忍不住反胃。

小弟趕緊拿出手帕包住阿榮的手，人說「十指連心」，手指頭的痛肯定是難以忍受的，但阿榮只是呆呆地看著前方，眼神沒有焦距。最後才痛得暈倒了。這一切怪異的狀況，都是在病院裡面，阿榮親自跟建設公司老闆說的。雲董的「成雲建設」最近在這一帶收了很多土地，前幾個案子都銷售開紅盤。工地秀甚至可以請到當紅的男藝人——雖然最近才因為疑似吸毒案件鬧上新聞——前來主持。

這個工地是這幾年來數一數二的大案子，類豪宅的規劃，加上建案的腹地甚大，甚至首創空中迴廊的建築模式，在媒體上掀起了一波熱烈的討論。動土當天雲董是該出席的。那天偏偏早上司機生病遲到，想自己開車過去，卻老半天車子都發不動。好不容易出發了，路上又發生事故。不是什麼大事故，就一個老人家突然從路邊竄出來，碰了一下。問題不大，當時的車速極慢，本就是紅燈要準備靜止的狀態。雲董千真萬確看見那老人家竄出的速度極快，待到自己下車查看時，發覺這老阿伯簡直老得不能再老，顫顫巍巍說話也不是太清楚。這樣的老人家最怕有什麼小意外，一轉眼就成了大麻煩，於是雲董便報了救護車，怎麼知道救護車來的時候，老人家站起身，佝僂著身子卻瞇著眼睛勉強抬頭看了看天，好一下子才對著雲董開口。

「來了。」用台語。

隨後老人家便頭也不回地離開，不管救護人員怎麼開口都不理會，過了一個路口，雲董想叫喚，卻也看不見人影，憑空消失了一般。

也是之後雲董才發現，家裡長期拜的、忘記從哪裡請回來的神像，從左上角斜斜地多了一條裂痕。但發現這裂痕的時候，一切都來不及了。工地主任阿榮後來在病院裡躺了很久，傷口感染導致高燒不退，迷迷糊糊中，跟雲董說了當天的所有事情，喃喃唸著「要發了、要發了」，唯一跟其他人說的略有不同的，是阿榮不記得鞭炮點不起來，也因此不記得自己是怎麼受傷的。

「鞭炮？」阿榮在混沌中疑惑地看著雲董：「彼日有放炮仔？」

阿榮後來沒有回到工地去。病院裡的護士小姐說，阿榮總是半夜磨牙，還會吵到隔壁的病人，後來傷口感染越發嚴重，換藥的時候才發現，阿榮的指頭發膿，隔天早上發現阿榮一嘴巴的臭味，到下午再次換藥才發現，手指頭沒了。

嘴巴的臭味，大概是阿榮自己拆掉繃帶啃食手指的結果。但明明早上去看，繃帶還是綑得好好的啊？護士小姐一臉疑惑，但也沒辦法證實了。阿榮的太太年紀很輕，有著一頭現下流行的大捲髮，屁股大大的，頂多二十五歲左右。阿榮從病院失蹤的那一天，阿榮那個太太沒有歇斯底里，沒有責怪病院，坐在候診區的藍色塑膠椅子上，那一天她穿著略嫌太小的兩片裙，身上披了一件暗紅色的小外套，有點起毛球，感覺洗了無數次，稍微褪色了，但還是打理得很好。

就這樣坐在那個角落，暗暗掉著眼淚。

阿榮留下來的東西不多。病床上，兩顆牙齒。

雲董還記得阿榮對著自己喃喃自語，那個聲音好像就在耳邊，也像在遠方，「嘎啦嘎啦」的，讓人心浮氣躁。

那時候成雲建設那個在「呂厝」地方的建案，出了人命，工地開挖的時候土方的包商司機，連人帶車摔進深達五米以上的洞裡。所以雲董沒有過去醫院跟阿榮的太太說些什麼，讓祕書包了紅包過去。老頭沒有看到那兩顆詭異的牙齒，如果有，這老頭大概就不會接下這個委託了。

從第一次見到雲董，在他們辦公大樓，雲董肩上那張詭異的臉就緊緊瞪著老頭。老頭還是第一次被這種「東西」嚇到，那眼神中的貪婪與飢餓，讓人皮膚上面都長出一粒一粒的雞皮疙瘩。

「大膽！」老頭對著那張臉，開口就是大罵。豈料張了嘴，聲音卻出不來，只見那張臉半邊偏向雲董，挑釁似地慢慢張開了嘴。這時老頭就像個笨蛋一樣，口水從嘴角流出來，該喊的聲音沒喊出來，反而丟人現眼。那張臉偏了一些之後，就慢慢從雲董的肩膀上消失。或許是感受到什麼，雲董明顯搖晃了一下上半身，臉色也紅潤了不少。老頭這時候還想，莫非那句沒喊出來的「大膽」，也有這樣的效果。

那當然是沒有的。雲董嘴裡「老高人、老高人」喊著，把老頭請進了辦公室去。這時候老頭其實也還沒四十歲，但是走這一途的有傷天和，大概很難維持自己的元氣。也可能這一步一跳地太過消耗，看起來遠比實際年紀蒼老太多。雲董都看起來比老頭年輕很多歲，實際上，雲董已經要六十了。雲董讓祕書送上熱茶，說是幾十年的老茶餅，但老頭喝不慣那種普洱的味道，臭羶味。緊接著從抽屜裡端出一大捧的鈔票，老頭想著那張可怕的臉，本想拒絕的情緒都被鈔票打斷了。這時候建案已經開始預售，銷售非常非常火爆，基本上短短時間內已經銷售一空。但工地的意外層出不窮，如果不是雲董廣告買得多，早就鬧上新聞不知道幾次了。更重要的是，雲董這時候發覺，自己有一點怪怪的。

或者是有錢人比較在乎隱私，即便到了這種時候，雲董還是沒有說清楚究竟哪裡怪怪的，老頭看過那肩膀上的詭異鬼臉之後，大致上也能猜個八九不離十。

「再這樣下去，房子不知道要何時才能蓋好了。」雲董很焦急。

老頭找了個週末，那時還沒有什麼週末就會停工的狀況，哪個案子不是週末照做，甚至還有半夜灌漿的。那一天，雲董要求所有工班休息，老頭準備了所有的物件，在工地來來回回巡查了幾次，找了一個最適當的地方。

雖然是台灣西部傳統道教廟宇的廟公，但老頭其實有一套真正的、不是坑蒙拐騙的把戲。有一點像中國東北的跳大神，或者薩滿的舞步，但又不完全一樣，那是老頭年輕時候，從一個老國軍身上學會的。那國軍弟兄從緬甸撤退，老頭跟他在桃園客家人很多的地方碰面，幾次熟了喝酒之後，那講話聽不太懂的老芋頭，不知怎地就教給了老頭。

開了壇，沒有焚香，在傍晚即將天黑的時候，老頭滿頭大汗把所有蠟燭擺好，預先準備的白布條也依照規矩綁在適合的位置，揉一揉因為彎著點蠟燭而痠疼不已的腰，下次絕對要讓雲董出人手點蠟燭，自己這把老骨頭，太累了。時間差不多了，老頭讓雲董先離開這裡。

「聽到我的聲音之後，再往這邊走，記得，莫回頭，直直行，到我跟你比的這個位置以後，站著不要動，絕對不要動，不管聽到什麼、看到什麼，甚至是我叫你，都不可以動。這樣有聽清楚了？」

雲董點頭，額頭上一滴冷汗。老頭這麼煞有介事，確實比之前請來的那些法師驅邪祈福的，來得讓人緊張，也感覺有那麼一點了不得。披上蓬衣，依循著早已牢牢黏在記憶裡的那些動作，老頭開始跳起舞步，隨手撒了一些粉末——那是去垃圾場找人家扔掉的鞋子，用鞋墊搓一小塊磨成粉，就這樣要找好多好多雙臭鞋，才能做出來的。依照那個國軍老芋頭的說法，叫做「眾人踩」，不管什麼邪祟都沒辦法抵禦這種眾人之力。這在過往一直都是非常管用的，老頭也是自信滿滿，那聲沒喊出來、相當丟人的「大膽」，今天絕對要給他狠狠吼出來。

正準備呼喚雲董進來的時候，老頭轉頭，雲董已經站在那個預定位置，手放在下嘴唇邊上，好像在撕著自己的嘴皮一般，盯著自己。老頭有點氣急敗壞，正準備開口，才發現雲董嘴唇已經破得到處都是血，幸虧唇上沒有太多血管，但傷口遍布。而最讓老頭無法鎮定的，是雲董的眼神。

怎麼說呢？

雲董的眼神，跟那個本來掛在他肩膀上的那張臉……很像。

老頭本著趨吉避凶的預感，正準備往後慢慢退出去，點了滿地的蠟燭，卻在這一秒鐘突然熄滅。恰好是傍晚，準備天黑的時候，旁邊路燈還沒開，工地裡面光線不夠，蠟燭這麼多支同時滅掉，讓老頭眼前一暗。下意識地，撒出一整把的「眾人踩」，大概也是在這一秒，工地外面的路燈恰好亮起。

昏黃的路燈光，卻讓老頭眼前一花。等看清楚了之後，雲董的臉貼在自己眼前。下一秒鐘，他的嘴幾乎要裂到耳朵，一把啃在老頭的胳膊上。

嘎啦。嘎啦。

老頭跑，一直跑。

嘎啦。

••

開第二壇。

道觀裡，老頭沐浴更衣，披上微微帶著血的痲衣，踏著難以言說的步伐。這次蠟燭沒有熄滅，總共五層的法壇「轟」地一聲在最後時刻坍塌。這些年多少次法事都沒遇見的狀況，讓老頭一時也慌了手腳。哭聲恰好傳來，老頭眉頭一皺。

「不是要你把妹仔帶去後面嗎？」老頭將臉上的痲布卸下，回過頭一臉不耐地大喊。妻子歉然將女兒牽走，摀住女兒的耳朵。

「我就是收拾一下廚房，沒注意到。」妻子說。

「算了算了，等一下外頭吃。」

「我菜都洗下去了，怎麼突然要去外面……」

「東西收收，讓你吃又不是讓你做。」

拉開抽屜，紫色的整捆大鈔躺在那裡。

不知道這個雲董惹到什麼，不管怎麼弄都弄不好。心煩氣躁，不如好好吃一頓飯。老頭挺著個肚子，將身上黃色的道袍褪去。布滿皺紋的臉上滿滿的疲憊。皮膚稍微黝黑的他正從那一疊紫色的大鈔抽出幾張的時候，小小的眼睛露出了滿足的笑意，嘴角也忍不住上揚。另外一頭的法壇東西歪七扭八散落一地，此時也不想收拾了。

整個道觀是鐵皮搭蓋的，有個小小的二樓。從二樓開的窗可以看到下邊的擺設，道壇、幾尊神像。神龕拜著關二爺，實際上老頭什麼都拜，這一身功夫也不知道哪時候開始的，少年家的時候整天亂晃，這邊打一下零工那邊送個貨，開過大貨車也種過水果，標準的一事無成，一直到認識了那個老芋頭。二樓是老婆和自己的女兒妹仔睡覺的地方，老頭平常睡道壇旁邊，一道簾子拉起來，說睡就睡。

老婆跟妹仔「哐哐哐」地上樓收拾，老頭一屁股坐在硬木椅子上，頭微微靠著，瞇上眼睛，也想不出雲董這齣戲該怎麼演下去。正當想著是不是起身把流理台的菜收起來，道觀外傳來了敲門聲。

「叩嗡嗡、叩嗡嗡。」

道觀的鐵門隨著敲擊聲發出共振的回音，老頭張開眼睛，明明鎖上的門把卻被扭轉開來。老頭起身，正準備看是哪個人，門打開了。那人站在門口，頭有點低低地看著自己的腳尖一樣。老頭查看了一會兒，終於開口：「你啥人？」

那人抬起頭，嘴巴咧得大大的，模樣分明竟是雲董肩膀上那個。那人用不可思議的速度往老頭衝來，手跟章魚似的揮舞。大大的嘴看起來就像血紅色的洞窟，眼睛也是紅的，嘶吼著。老頭一下子就想到了，這麼大聲，妹仔又要嚇壞了。

老頭嚇得跌在地上，手撐在身後「蹭蹭」往後退。一直退到神龕這裡，那人停了下來，手也不揮舞了，就是極其狠毒地看著、瞪著老頭。老頭大喊，「不要下來，門鎖起來！」

樓上，自己的老婆月素卻把門打開，「哐哐哐」踩著鐵樓梯走下來。

「啊不是叫妳不要下來了！」老頭大喊，然後後腦勺撞了一下紅木椅子。睜開眼睛。

「睏去啊。」老頭一身的冷汗，此時才感覺怕。

方才那樣的夢著實嚇人，平常請神弄鬼的老頭有的沒的看多了，從來也是怕得很。只是更怕沒錢，只好繼續坑蒙拐騙。

想朝樓上喊聲，讓老婆跟妹仔動作快點，此時傳來了敲門聲。「叩嗡嗡……」

老頭心知不妙，這次沒有傻楞楞等著，拚命拿自己的頭撞紅木椅，那種厚實且幾乎要半個手掌寬度那麼厚的木椅，敲起來整個人都暈了。

門開了。

老頭繼續撞著椅子。

那個人又進來了，張開大大的嘴，這次看清了，嘴邊都爛了，留下來的口涎都是紅的，也不知道是不是血。下一秒，老頭先閉上眼睛，那個尖銳的嘶吼聲又來了，老頭坐在椅上沒得退，只能繼續敲著椅子。

那人停在神龕前，惡狠狠地瞪著老頭。

老頭看出來了，他這次更靠近了自己一步。

「啊不是要出門？」

老婆的聲音響起，老頭睜開眼。

果然還是有用啊，老頭心裡想，也對自己的冷靜感到一點點歡快。

起身走了幾步，拍拍自己腿邊的口袋，轉過頭。

身邊的不是自己的老婆，是那個嘴巴。不，是那個張大嘴的人。

距離老頭僅僅兩步。

老頭嚇壞了，轉身就跑，然後便在椅子上睜開眼。

這不太對，老頭沒等門把再次被轉開，衝到神龕那抓起幾炷香點了起來，嘴裡唸唸有詞希望眾神明保佑。

「叩嗡嗡……」頭皮發麻。轉身就想跑，那人衝到老頭身旁。

老頭試圖拿香甩在那人臉上，那人也不管，張大了嘴。

「嘎啦、嘎啦、嘎啦……」

老頭拚命縮著脖子。

眼前的道壇開始抖動，蠟燭也被吹熄。

一切是那麼安靜。

「老胡。」老婆的聲音。

整個人像被從水裡拖出來一樣，老頭張開眼睛，妹仔正抱著娃娃搖著自己，說自己肚子餓。

那娃娃是老婆自己一針一線地縫出來的，裡面塞了曬乾的綠豆跟棉花。雖然不比外面買的精美細緻，卻是可愛得很，妹仔特別喜歡。此時老頭不敢妄動，左看右看許久，才確認這是一場又一場的夢，以為醒來卻還睡著的夢。直到走出道壇，老頭都有點心慌。深怕一個不注意，那人又從哪裡衝出來，這時候身邊還有妹仔，還有什麼都不懂的老婆。

老頭不知道的是，離開道壇之後，道壇響起了敲門聲。

「叩嗡嗡……」

門把被轉動著。

（二）死人的味道

工地最終還是暫時停工了。

搭建了舞台，找了好多當時有名的明星，有每天中午帶狀節目的女主持人，說話嗲聲嗲氣的，也有每天晚上七點都會出現的男主持人，甚至連香港的歌手都找來了，但最終還是停工了。工地秀搞得盛大，光是舞台就有五十人能站上去不只，霓虹燈旋轉燈，音響喇叭都是最頂的。

秀是沒有辦成的，那天雲董知道要搞大，特別派了凱迪拉克去接幾個大明星，在高速公路上翻了。那個傳出吸毒的主持人當場死亡，具可靠消息指出，身體還斷了兩截，奇怪的是不是從腰部、從頭部，或者大腿。斷的地方在上下顎的地方，一截大一截小，傷口整齊。

沒有什麼嚴格的新聞管制或者個人隱私，新聞上就直接把現場的慘況拍出來，晚餐時間在家看新聞的基本都沒有錯過。這次鬧大了，雲董再沒辦法壓下來了。也不光是因為鬧大了，雲董自己也挺麻煩。

這一天老頭來到雲董的辦公室，本來熱鬧滾滾感覺充滿活力的公司，此時還待在辦公室的幾個小姐都乖得跟蹲著孵蛋的母雞一樣。雲董辦公室有種力量，讓老頭感覺到很難進去，似乎整個地方都不歡迎自己。上次來沒有這樣。

辦公室有兩進，外邊是一個會客的大沙發，牛皮的，味道很嗆。靠門的辦公桌坐著雲董的祕書，見老頭進來趕緊將手上的報紙收好，老頭瞄了一眼，本來是想瞄一下那穿著絲襪的長腿，卻看見報紙是徵人版。看來樹要倒了。

進入裡間，雲董在自己辦公桌前抱著頭，下巴靠著桌子。

「董仔。」老頭說道，眼睛四處瞄。

過了好一下子，雲董才抬起頭，血紅的眼睛以下拿了條手帕，對角摺成三角形綁在耳朵後面，下面尖尖的。

「老高人，怎麼狀況越來越壞？」雲董說道。

老頭嘆了一口氣：「董仔，我看可能那個工地有什麼歹東西，我準備準備，再弄一個大的，這次保管會好。如果不好，我錢退給你。」

老頭不說「不收錢」反而說「錢退給你」是很有技巧的，早年在社會摸爬滾打一個圈，該怎麼交陪是一清二楚。雲董喘了幾口氣，對老頭說，錢不是問題，事情要處理好，再不處理好，自己都要完蛋了。說完，將那條包著臉的手帕取下。雲董的嘴角爛了，流著膿水還發出陣陣惡臭。老頭眼角都沒抽一下，早進來的時候就聞到了，只是成年人不動聲色，心裡打算著，錢先收著，真要辦砸了，哪可能退錢，絕對東西款一款帶著老婆妹仔躲得遠遠的。

那張在雲董肩膀後面的臉沒了，從進來辦公室到現在也有十來分鐘了，那張臉都沒出現過。這時候老頭還不知道，當然沒了，沒在這裡了，在那裡。

在那裡。

「叩，嗡嗡……」

門把轉了一下，老頭差點嚇得魂都飛了。

祕書走了進來，看見雲董的臉嚇得手上的杯子都要摔掉。

「咖啡。」顫抖的聲音像是被詛咒了一樣，咖啡灑了滿桌。

老頭猜想，小祕書怎麼也不可能沒看過雲董現在的樣子，但就是太嚇人了，小女生禁不住這樣的恐怖臉。老頭自己看久了也是難過得很，跟祕書說自己不喝咖啡，有沒有茶的時候，小祕書都要哭出來了。這種惡作劇真的很舒服啊，小祕書只要想到等等還得進來一次，那個噁臭味道，像腐爛的田鼠。老頭小時候幫忙種田，偶爾會抓田鼠來玩，玩爽了就把頭敲爛，毛用火燒掉，刷乾淨，包在旁邊芋頭田抓的葉子裡扔進去跟著番薯一起煃，煃好了外面是焦的，不怕手燙拆開，裡面是嫩的。

有幾次玩太爽了，多抓了幾隻，隨便在田壟上挖了洞，拿樹枝硬卡著田鼠仔的頭，讓牠進退兩難，過幾天就死在那裡。就是那個味道，「蹭」一下衝上鼻子，老頭已經在盤算要往哪裡跑路了。

這是死人的味道，只要聞過一次就不會忘記。

雲董揮手讓小祕書去準備茶，將手帕在桌子上擦了擦灑出的咖啡，再次綁上。老頭眼觀鼻、鼻觀心，絲毫不感覺擦了咖啡的手帕綁臉上是什麼不對的事。那年在跑貨車，拉肚子沒手紙，襪子脫下來也是清理得一乾二淨，至於有沒有穿回去，有差別嗎？

「應該是那個所在不太乾淨，我找了幾個人去幫我查，查出來跟你說。你那邊先準備法事，需要什麼都跟我的助理說。」

老頭點點頭，正搓著手不知道如何開口要錢，雲董拉開抽屜，拿出一個牛皮紙袋，厚的，有幾公分那樣。

「事情好好辦，若不然……你知道的。」

「當然，我辦事怎麼會有差錯！」老頭拍胸脯。

小祕書敲了敲門。走進來，放下杯茶，逃命似的出去。

白骨排在地上，畢竟不專業，幾叢幾叢的堆著也不知道是幾個人的骨頭。

工地果然挖出來莫名其妙的東西，老頭看了發麻，裝著若無其事，隨口胡謅道：「這骨頭是有人特意種進去的，排列的方式很邪門，」他轉過頭看著雲董：「有得罪什麼人？」

雲董「幹你娘」了一聲，說幹這個的沒得罪幾個人都不好意思出來混了。怎麼，有辦法解決嗎？

老頭被頂了一嘴，傻笑掩飾一下，想盡辦法多撈就撈。說，沒太大問題，這個技術很粗，只是法事之前準備的內容，有些部分要改，可能要……

不就是錢嘛，雲董大手一揮，臉上的手帕差點掉下來，手忙腳亂繫緊。

助理拿著個方包，從裡頭拿出一疊紫色的蔣中正，點著鈔票。雲董推了一下，說不必算了，都拿去，事情辦好。然後就上車走了。

太陽落山了，雲董的車子一走，現場幾乎就沒有光。旁邊地上一堆白骨湊在一起成堆成堆，腳底都要發涼。助理跟著走了，還剩下三個雲董的員工，你看我我看你，最後看著老頭一眼，其中一個說：「老師父，這些……現在應該怎麼處理？」

老頭故作玄虛了一下，左看看右看看，指頭在嘴裡含了一下，拿出來，聞一聞。

「有沒有垃圾袋？」

「有，老師父，要什麼顏色的？」

「有就好，東西裝一裝。」

幾個人戴著工程手套七手八腳把地上的骨頭塞進垃圾袋，老頭瞥了一眼，看來不一定是人的骨頭，還有畜生的。過了好一下子，東西裝好了，幾個人看著老頭。老頭從斜背的包裡拿出一枝筆，胡亂在袋子上面鬼畫符幾下。

「好了。」老頭手背在身後，轉身朝外面走去。

「老師父！」剛剛開口的那個急忙走向前：「這要擺哪裡？」

「垃圾袋要放哪裡你問我？」老頭鼻子哼了一聲，走了。

料想這幾個就算不能找個地方埋了，也知道該扔到垃圾場去。

三個裡頭最資深的、也是剛才開口的那個，交代了另外兩個年輕人好好處理，也跟著後腳跑了。除了留下來的兩個年輕人，再沒有人知曉這一袋子的人骨混雜貓骨、狗骨究竟到哪裡去了。一直到兩個年輕人死去的消息傳到老頭耳裡，雲董的助理有些氣急敗壞，質問老頭是不是沒辦法處理好。

「處理好，但那兩個……少年家可能黑白來，唉。」

最後這口氣嘆得悲天憫人可歌可泣蕩氣迴腸，但助理不吃這一套。這一天相當熱，加上沒跟雲董一起出門不必整套西裝，穿著短袖立領汗衫的助理，手臂上那條青色的龍好像要飛出來一樣。

老頭乾咳了幾聲，拿出準備好放在上衣口袋的黃符，塞到助理手裡。

「這……平常時是不能亂給的，很少，真的很少。」老頭說：「交給董仔，隨身帶著就好。」

助理拿著黃符，仔細看了幾眼：「就一個？」

「這個真的很少，做一張要少掉我很多道行。」

「多給一張。」助理說。

「真的不行，只剩下一張，我得留著，我自己也……」

助理夾在腋下的方包裡，還有不少紫色大張的。大家都是明白人，見狀也不遮掩，掏出一疊，抓著老頭的手，重重放在他手掌。

老頭故作為難實則心喜，磨蹭了好一下子，將口袋裡另外一張準備好的符紙交給助理，還不忘搖頭嘆氣。倒也不完全是演的，手裡這張真正是有用的，但也不是自己弄的。

那一年在桃園，碰到了那個國軍老芋頭，就是從他手裡騙來的。這黃色的符紙跟一般廟裡的符紙、道教慣用的那種明顯不同，手感更粗、更厚。那老傢伙說，這是當年跟著國民政府一起來台灣前，從一個人手裡弄的。聽說是來自西南的少數民族，效果特別神奇，但沒有人知道，夾在一個本子裡，被他「順」過來。

老頭從他手中騙來的時候，心裡還得意，事後想想，說不定那個老芋頭就是故意要把這個傳給老頭也說不定。那是民國五十幾年的事了，太久了，都記不清了。

本來就喜歡這些神神祕祕怪力亂神的老頭，就這樣跟著那老芋頭學了一堆有的沒的玩意兒，誰想得到後來還靠這些餵飽自己，還娶了老婆生了孩子。

註定的啦。

助理走了以後，老頭繼續收拾。

再過沒多久，一定得跑路。

地方都選好了，去桃園。

（三）來自一九五〇年的訊息

開壇了。

特別找木工訂製的架子，上面擺滿所有老頭可以用上的物件，幾乎要把自己道觀的東西都搬來了。並非老頭多麼盡心盡力，大多是想著之後要跑路，這麼多傢俬怕也沒辦法帶走，乾脆趁著這次機會，也不管有沒有用處，萬一哪一尊神明起了作用不是挺好？就算沒有，到時候讓雲董找個倉庫一收，就說以防萬一下次還得用，這些都是珍貴的吃飯傢伙，相信雲董這種手段的人弄個倉庫沒什麼大不了。

一共一百一十八支蠟燭。為了全部點燃差點沒弄死助理跟助理的助理。雲董臉包著手帕在車子裡看著。老頭問助理的助理，怎麼董仔的小祕書沒來？助理的助理說，雲董打了她幾巴掌，扔一疊錢在她臉上，趕走了。說著，助理的助理煞有介事小聲地說，聽說是跟雲董「睏」的時候，因為味道太重吐了。

老頭心想，別說味道，誰打炮還戴著手帕？要是那手帕拿下來，嘖嘖，小祕書可能都要嚇出屎。風來，蠟燭熄了幾支，再趕忙點著。來來回回搞了許久才總算完工。

儀式準備開始之前，助理從腋下的方包裡，拿出一張紙。

「胡先生，這是董仔要我給你的。」

老頭拿著紙，光線昏黃又沒戴老花眼鏡，什麼也看不清。無奈之下只好看著旁邊助理的助理，說道：「唸出來。」

「地底埋骨，灶上藏屍，人若不諾，天降紅禍。」

老頭抓抓腦袋，書沒讀過幾本，這話說得噫噫歪歪的什麼意思。

「還有。」助理的助理繼續唸道：「一九六七年四月十一日，徵信新聞報，退輔會榮譽會員王如根，於南投自宅死亡，享年四十七歲。現場遺留大片血跡，退輔會榮譽軍官王如根臉上多重開放性傷口，警方調查結果，目前排除他殺嫌疑，全案朝自殺偵辦。」

老頭心裡慌了一下。這個聽起來很熟悉，一時半刻卻想不起哪裡看過或者聽過這樣的話。畢竟這新聞已是快二十年前的事了。

「老師父，這裡有一張照片。」助理的助理將資料再次遞回給老頭。

老頭手伸長拿得遠遠的，也看不清到底是什麼。助理的助理形容，一張黑白照片，老頭慢慢轉頭過去看向還在車裡的雲董。天色很暗，附近只有幾盞微弱的燈，還有法壇上的蠟燭，此刻又被風吹熄了幾支，助理正用那隻有龍的胳膊重新點上。老頭覺得好像快要想起一些東西，但又差了一點，那種身體癢卻抓不到位置的感覺讓人難受得要命。

故作高深莫測地點點頭，老頭心想，再耗下去就要過十二點了，這年紀已經累得不堪，早點演完早點收工，明天一早東西收拾一下，車票一買，拍拍屁股閃人。

死人的味道又濃濃地攻擊著老頭的鼻腔，即使在這戶外，即使旁邊還燒著金紙，仍然掩飾不住。都不必撇頭就知道雲董下車了。

「這消息，我一個當記者的老兄弟給的。看出點什麼了？」雲董說。

老頭抓抓頭，隨後趕緊放下。這動作太沒把握了，不妥當。果然雲董這個老狐狸眉頭一皺，發出「嘖」的一聲。老頭趕緊說，看來這新聞裡說的樣子，跟董仔你的狀況有相像啊！具體的，這照片說明不多，董仔可有查過這個王……

「王如根。」助理的助理機伶地回答。

「對，王如根。」老頭說。

「那是民國五十年撤退來台的榮民，還在查，查到會跟你說。你手腳要快了。」雲董說道。

這個味道，不必說，老頭也知道自己要快了。蠟燭全部亮著，已經燒了一半有多。算算時間差不多了，其他幾個人退到十步開外。這已經是第三壇了，也是最後一壇，再沒有可能作任何法事。開壇三次是限制，老芋頭叮囑過。

還是敬業得很，腦中纏繞著當年學會的所有技能。那時候字也寫不好，根本沒有筆記的概念，好加在年紀輕腦子好。踏出腳步，手持著扇子，往左邊一擺。隨後一個倒轉右手的扇子往右邊，反手向右。腳步「蹭蹭」後退，嘴裡唸著強背起來的經文，反正唸錯了也不會有人知曉。一個念頭竄過，雲董肩膀後面的那張臉，究竟跑哪裡去了？

步伐前後，時而將腳舉起再重重踩下，工地這裡土粉灰塵還是多，踏下去揚起的飛灰感覺相當有高人風範。腦中亂糟糟，還一邊回憶著當年學會的，那個老芋頭教給自己的。也是不容易，跟著軍隊從緬甸撤退過來，就在眷村裡面混著等……還記得那個老芋頭沒像其他老芋頭一樣找個人作伴，就這樣一個人，帶著腦中的記憶每天窩在麵攤喝著白酒，卻嫌棄這白酒味道不好，說他家鄉的多好。然後喝茫了就開始胡亂說，一來二往，不怕無聊的老頭也跟他混熟了。那老芋頭整天喊著，小胡啊，我跟你說的可別告訴別人啊……

好笑，這麼無聊又荒唐的事情要給誰說去？誰又能那麼憨頭傻腦在這裡整天聽著胡說八道，其實也是為了喝幾口免費的酒？

在眷村裡面，從緬甸撤退過來。

老頭想到了徵信報的那條新聞，腳步慢了下來。

王什麼？

那張照片老頭沒有看清，但不知為何好想知道，那個叫做王什麼的，雲董說也是從緬甸撤退來的，好像……從老芋頭那邊有聽過。那個輔導長？是輔導長？是那個後來瘋掉的輔導長？

一點一點拼湊起來，老頭終於想起來，這一世人聽過最雞巴瞎扯的故事。初次聽到只覺得騙三歲小孩，後來越回想感覺越毛骨悚然。可能因為這樣，腦子就自己把它刪了吧。那故事太離奇，老芋頭說的時候又很零碎，喝了酒的老番顛都是這樣的，每回重複說一樣的，問了半天才能擠出一點新的，說完了有些又前後矛盾，不知道真的假的。

••

九十九團那時候氣氛怪得很。我有跟你說過我是九十九團的吧？

第二次撤退，那個人頭好像掉在地上的痲子一樣多。哎你別管啥是痲子，要聽不？要聽就閉上你的嘴兒。第二次撤退是不得已的，咱軍長，第二軍的軍長說了，堅持奮戰到最後一刻，使命永遠不忘，那一個熱血！但是台灣這邊的命令下來了，說是米國那邊給的壓力，不退不成啊！那時候在緬北，嘿嘿嘿，我可是有個小姑娘的，要撤退那時候哭哭啼啼的。男人做事最煩這種場面了，大手一揮，我就讓她滾了。唉。

別說這個了。

那時候咱輔導連通報，說有個土著小鬼來了。我負責後勤的，不知道為啥也被叫去了，定睛一看，唷吼，帶了幾個軍牌，軍牌知道不？難怪叫我這後勤的來。輔導連的那個連長挺偷雞的，讓下面一個弟兄跟我交接，四個，軍牌四個。那土著小鬼哼哼吧吧，說也說不清。總之我拿了那四個軍牌造冊了，人沒了也得留下點紀錄不是嗎？還有一本督導日誌，我拿到手隨便翻了一下，裡面說的亂里八氣沒頭沒尾的。還真沒看過這麼胡鬧的督導日誌。

內容我不太記得了，就記得亂寫一通。就說不記得了要我說啥？反正督導日誌寫成了日記一樣，好像就是那四個弟兄的事吧。跟我交接的輔導連，嘶……叫做，王如根，對，王如根。他娘的是個怪人啊。哼哼吧吧跟那個小鬼說了半天，不知道為何還帶著那小鬼一起撤退了，我是沒多問，只是猜想，莫不是這小鬼是哪個弟兄的私生子？那是沒可能的。我看那日誌，好像是第一次撤退時候的隊伍啊。

那都是老早的事了喔！我民國五十年撤退的，咱軍長第一次的時候堅守陣地，要不是我們軍如此堅守……你急啥！咱撤退的機位有限的，也不知道那王如根是怎麼說的，那時候大家氣氛不高，也沒人去多問怎麼就多帶一個人了。那督導日誌本來造冊完得收起著，王如根跑來找我，問了，那日誌能不能先放在他那裡，我說當然不能，他說他有酒，白的，度數高。我說，那怎麼不能，拿去吧。

說到那第一次撤退那時啊。實在慘烈，你小伙子安逸得很，絕對沒想到那個時候有多麼慘烈。那是砲聲隆隆、邊打邊撤啊。狗娘的補給沒到，從雲南咱就一路退，退到緬甸跟老撾[45]都有，是老撾，不是老炸！就寮國！你個沒讀書的巴子。咱大部分都是退到緬甸了，老撾那裡的人不多，最後大致上也會合了。這幾個人啊，唉，恐怕是走散了罷。

我本來猜想這是幾個慌不擇路跑老撾去回不來的弟兄，不過那王如根後來跟我說，這幾弟兄啊離咱們的據點，不過三天的路程。三天？那是山啊，巴子，三天你能跑多遠？那是一座又一座的山，每一次往上爬都不知道盡頭，好不容易跨過去了，又是下一座。可憐了那幾個弟兄，就離這麼近也沒找著。

45老「撾」，音同老「抓」。

咱一直往機場，那路上偶爾想找王如根多摸點白酒，總是找不到他。後來發現他跟那個小鬼整天神神祕祕地，我忍不住了，衝上去問他。隊伍裡哪能喝酒，誰不是偷著來的，這王如根不知道哪裡弄來的白酒，我還不好好把握。有一次我抓著了，問他還有沒有白的？嘿這小子可能是嚇傻了，裝模作樣，說從來就沒有什麼白的紅的。我也急了，把他抓到一旁問個明白，那個酒蟲往心口一撓，人都要瘋了。

我告訴他，別賣了，真要有點白的，施捨點給弟兄，保證以後隨傳隨到。唉，就是這個不好，不該那麼說的。唉。

後來還真的王如根又給我弄到了白酒。那幾天我總躲著偷抿幾口，往孟撒的路上，像神仙一樣。但是後來的事，就漸漸玩脫了。王如根要我記著欠他，我這人呢就是守信，欠的絕對還，沒有第二句話。但這次，唉，小伙子，這次啊是你老哥我這輩子第一次沒辦好，唉。王如根幾天以後來找我，這幾次聊多了他也對我知根知柢，問我會不會招魂。娘的，在那條件怎麼招魂啊！我氣不打一處來，後來也是沒法子了，我告訴他個方法，讓他若能準備，我大概是能勉強辦到的，順便也問了王如根這傢伙，招魂，得看要招什麼魂。

他給了我四個名字。

我一聽，耳熟啊，想了一下，不就那四個軍牌？我馬上不幹了。招魂這傳統啊要符合兩個要件，小子你聽好啦，絕不可落入第三口。首先，必須得在亡者離去的地兒才行，其次啊；大家印象裡的要亡者的物件那是不精確的，妥當地說啊，要亡者「身上」的東西。身上的，懂不？這條件一個一個都不具備啊，我招個屁，哪來的魂讓我招？我告訴了王如根，那傢伙要我試試，失敗了也沒有差錯。他是不知道，這招魂啊限制這麼嚴格，就是因為有差錯就不得了。當年我家鄉那裡，我師祖那一輩的就發生過，招魂沒成，反而招來了弄不妥的玩意兒，那一趟死了好多人，不說笑。但是我沒賴過王如根的堅持，約好了趁下一次休整的時候，晚上點名完，東西置辦好我就試試。唉。

置辦的東西可麻煩了，現在跟你說不清。好吧，就要物件，身上的沒有就得要身外的，亡去的地方沒條件，那就得找到黃紙，上頭寫著亡者死亡的地兒名，還得搞到三炷香。香呢是為了向上天神明請求網開一面，看看這黃紙寫地兒的名，從那裡幫個手喚一下。唉，學藝不精，學藝不精啊。丟人啊。

小伙子，老哥告訴你，我最後悔的就是這事兒。老哥搞錯了啊，那不是招魂用的，那是還魂用的，招魂跟還魂不同啊，招魂是回來，能否見面能否商量還是兩說，但還魂啊，還的不是你想的那回事，還的是怨氣，是不甘，是所有最惡的那些啊！最後關頭我是有想起自己似乎搞混了，但箭在弦上，也料想我功底沒那麼好，沒可能真的還魂什麼東西，誰知道……

黃紙上寫著「痲賴」兩個字，恐怕是這幾個弟兄最後的地方。

作法事的時候，那小鬼也在一邊瞧著。若我那時想明白，那小鬼就是那四個弟兄闔眼之前唯一見過、而且通通見過的人……

老哥我絕對不敢、絕對不敢啊。

那一天是咱往孟撒機場前進的日子裡，風起得最大的一天。法事到一半，我心裡嘀咕，所以腳步有點亂。加上偷摸著來有點擔憂，越來越亂。王如根看著我，我看著那小鬼。三炷香燒到一半的時候，斷了。

我還記得香一斷，我馬上停下，心裡知道不好。風停了。

雨開始下。

然後我看見了最不敢相信的東西。

唉。

就說到這裡吧，剩下的有機會跟你說。

••

老頭慢慢停下腳步，起風了。

蠟燭一百一十八支，每一支都熄了。

助理的助理想湊上來點火，老頭揮手制止。也許是揮手這動作不好，也許是距離有點遠了，助理的助理以為老頭正招手讓他來，於是便快步過來。

踩進法壇範圍的時候，風停了。助理的助理停下腳步，疑惑地回頭看看。一般人很難感受到風起風停的細微感受，只覺得哪裡怪怪的。但老頭知道，這次不太對勁，當年那老芋頭也是這樣說的。唉。搞錯了，隔了二十年，一樣搞錯了。

老頭還記得，那一次老芋頭講故事，後面欠著最重要的，死活都不說。反倒開始教起老頭，當年還叫小胡的老頭，教起了一些手段。說起來也是難得，這些東西早就亡失了，若沒有流傳下來，就沒有人知道這些手段的厲害。

老芋頭教完這些神祕祕的手段之後，終於有一天把後面的事給說了。

他說，雨大啊，跟子彈一樣。

小鬼淋到雨之後，開始行走，繞著圓圈行走。走到了老芋頭的跟前，跪倒在地。老芋頭動都不敢動，王如根好像有點興奮，又好像沒什麼反應，說來奇怪，他手上好像捧著塊石子，不小，乍一看還以為是牌位。當時老芋頭的注意力都在小鬼身上，便也沒多想。

老芋頭正想讓開身子，畢竟傳統來說，活生生的人無緣無故受人一拜可是要短命的。身體還沒錯開，那小鬼就躺倒在地，身體無限的扭曲，胳膊反轉了半圈，嘴巴發出痛苦的「嘎嘎嘎」的聲音，像卡痰，也像窒息。腿骨發出「喀喀喀」的聲音，從腿根那兒直接扭斷了。

老芋頭嚇壞了，上過戰場也不是沒瞧過，但活生生的人自己將腿根扭斷，是頭一遭見過。那畫面簡直讓人嚇瘋。老芋頭往後倒退，身上沾滿了泥水。更誇張的是，那小鬼竟然歪歪扭扭地站起身，走到一旁的樹邊，不知道從哪裡拎出一條繩子，可能是衣服的腰間綁帶，套上樹枝，打了個結，把自己吊上去了。

這下子老芋頭憋不住了，趕緊喊王如根，並且衝上去要將小鬼抱下來。王如根衝上來制止了老芋頭，眼睛死死盯著吊在樹上的小鬼，那小鬼的一隻腿不停踢著，另外一隻方才扭斷了沒動靜，但踢著踢著沒多久也停了。

老芋頭知道不妙，弄出人命在隊伍裡是要出大事的。氣急敗壞抓著王如根的領口罵道，你怎麼不讓我把他抱下來！心裡卻有點發虛，老芋頭知道，是自己的法事出了大紕漏，此時非得找個出口把這份不安狂瀉出來不可。

王如根也不惱，慢慢將老芋頭的手扳開。老芋頭那時候是怎麼說的？怎麼說的？

噢，那王如根啊，將我的手從指頭開始，一隻一隻的摸開，輕輕地卻不帶猶豫地。好似捏著陶土還是捏著女人的奶那樣。那時還是小胡的老頭會記得這麼清楚，就是因為「捏著女人的奶」這句，酒都差點沒噴出來。老芋頭本來六親不認了，那時也不知該如何反應。王如根目光緊緊，一秒都不眨眼那樣看著還晃蕩著的小鬼。

「嘎啦、嘎啦、嘎啦、嘎啦。」

老芋頭看見了這輩子最作嘔的畫面。

分明已經死透了的小鬼，手臂外折，頭撇一邊，啃咬著自己的手。血答答地往下流著。小鬼的臉剛好對著兩人，老芋頭忍不住看了一眼。

唉，該忍住的。

那小鬼還在笑，笑著啃自己。

老頭確實是搞錯了。下雨了。

助理的助理肢體扭曲著，抽下自己的皮帶要將自己吊在木造法壇的上面時，被拽下來。拽他下來的是手上有龍的助理，以及另外一個小弟。可能力道過猛，助理的助理跌落在地時，後腦敲擊地面，老頭眼睜睜看著他後頸突出一塊，脖子後面的皮被頸椎撐得發白。即便這樣，助理的助理還掙扎著，身體不斷發出「喀喀」的聲音。

「阢哖哈啦，啊當嘎殺！」

這幾個字從助理的助理口中傳出。

雨頗大，他唸的什麼其實沒有聽清，那是在很之後老頭才將線索全部統合起來，反應過來他口中唸著的就是這幾字。

雲董上了車，車子在雨中揚長而去。一時狀況有些複雜，手上刺著龍的助理吩咐另外的小弟將助理的助理扛上車之後，對著老頭說：「怎麼回事？」

老頭不敢說自己搞錯了，只好故作生氣地說著：「都說了，不要靠近，他就是不聽，你們怎麼也沒給他抓住？」

手上有龍的助理默然片晌，嘆了一口氣。

「不是不抓，是……」

老頭瞪著助理，這時不能虛，至少過了這關，晚上才能包袱款好趕緊跑。

「董仔說，讓他去。」助理說：「董仔好像知道什麼。」

「董仔說的？」老頭愕然。

「我不知情。老高人你坦白告訴我，會不會再死人？」

即便是社會人，見到這麼詭異的場面也拿捏不住了。尤其眼睜睜看著助理的助理這樣詭異的樣子。即便沒死，也剩下半條命了。尤其是，雖然幾個人都沒說，但被扛上車那時，助理的助理明顯還在笑，一點痛苦的樣子都沒有。

還試圖張嘴，想咬自己的肉。大家心照不宣，暫時埋在心裡。

「我不知。」老頭說：「雲董肯定有事情瞞著我，你知道些什麼？」

「董仔好似……有在拜什麼。小房間，我沒辦法進去。」

「你找時間去看，看好跟我說，越來越難辦，早知道……」

「老高人，萬事拜託。」

（四）老芋頭沒說的祕密

那是老頭最後一次見到雲董。

全部人都走了之後，整個工地變得陰森森。這建案地處偏僻，認真說來根本不是什麼可以住人的地方，但熬不過此時台灣錢淹腳目，順便還興起了一陣度假風，北海岸臨海別墅，像「雲來別莊」這種偏僻的度假別墅也是。

老頭是騎著光陽名流來的，此時不管怎麼踩，機車就是發不動。氣喘吁吁的老頭莫可奈何之下，只得停下腳，坐在機車上。記憶與剛才的畫面重疊了起來，許久沒聽過的老芋頭的聲音好像在耳邊一樣。那時聽了好多好多次，隨著時間過去，都想不起他的聲音了。

老芋頭肯定有什麼沒有說。

老頭此時回想起來，老芋頭那時好像刻意引導自己學會那個招魂儀式一樣，說得特別詳細，不，應該說是還魂儀式。說完，還特別強調要老頭千萬不要做。二十郎當歲的小伙子怎麼容許聽人這樣說，越說越要，記得一清二楚。是他有什麼沒說，還是自己真的忘記了呢？老頭想不起來了。

但剛才那樣，只差助理的助理吊上去的時候被抓下來，否則全部跟記憶中老芋頭說的一樣，究竟是自己把事情搞在一起，還是真的一樣的？頭很痛，剛才淋了雨，偏僻靠山的地方風也大，深怕自己受風寒的老頭，打開機車的車箱。

當時光陽名流的主打就是大車箱，裡頭放著一件雨衣。老頭將雨衣穿上，伸手摸不到香菸，才想起穿了雨衣，香菸在口袋裡。掏啊掏，黃色的長壽香菸鮮豔的顏色在這晚上，微弱的路燈下特別顯眼。點起一根。

點起第二根，第三根。

老頭伸出手指在濡濕的地面挖了一個半指深的洞，將菸插入地上。

說也奇怪，點起第四根菸抽完之後，車子就發動了。

「嗒嗒嗒」的聲音在此時特別刺耳，有回音，像極有人從對面而來。

老頭慢慢地踅回去。行李已經吩咐太太整理好，這個時候妹仔應該在睡，到時候得夾在自己跟老婆中間。需要的東西不多，紫色大張的都已經收好，紙鈔上的蔣中正總是對著自己笑。

太太還算妥當，說了要連夜搬家也沒多問，只說捨不得那些鍋碗瓢盆，還有好好的棉被，剛買的。老頭氣壞了，這些東西怎麼帶，再買就有。心裡明白除了不捨，也有點不安吧他的老婆。不能講，最好他們什麼都不知道才行。尤其是妹仔，正好在什麼都很好奇的年紀，這些事情就要爛在這荒郊野外，誰都不能說。

總算到家了，路上還預先將汽油加滿。老頭這是打定主意要不管不顧了。家裡鑰匙與鐵門鑰匙結成一串，將鐵門打開之後，隨手掛回腰間皮帶孔。正準備推開門時，老頭頓了頓。方才轉開鑰匙的時候，怎麼感覺不大對。

「門怎會沒鎖？」老頭甩甩頭，累迷糊了，也搞不清剛才究竟如何。

推開門，發出了「叩、嗡嗡……」的聲音。

「叩、嗡嗡……」

一樓的燈亮著，老頭嘖了一聲，就算要跑了，習慣也不能不好，隨手要關電一直是家裡的規矩，老婆從來沒這麼蠢笨過。想到妹仔可能在睡了，老頭只好硬憋下這口氣，沒有發作，從抽屜裡取出早已整理好的鈔票、證件以及幾張照片。脫下鞋子走上鐵梯，這是老頭一向的習慣，若是穿著鞋，會發出太大的聲音，吵著妹仔就不好了。從口袋裡摸了摸中間有梅子的棒棒糖，這是老頭特別準備的，為了怕路上妹仔不開心。

小心翼翼打開門。

「阿素！阿素！」老頭小聲地。

但沒有人回應，老頭有點氣，稍微放大了音量。

「月素啊！阿素啊！」

「幹！」拉了一下燈索，手還被電了一下，老頭忍不住罵了一聲。

「啊幹啊！」

老頭慌了，手足無措看著眼前的一切。

紅的、紅的、紅的。那條月素捨不得的棉被本來就是紅的，又紅又重。

木頭搭的輕隔間本來是刷了白色的油漆，現在也是紅的。月素站在床上靠著牆，頭像沒有脖子一樣折倒在左肩，轉彎的地方幾乎沒有肉了。即使如此，月素還是站著睜著眼看著老頭，不，應該是看著門的地方。

月素會不會在等自己回來？會不會？

老頭驚醒過來，全身發抖，想找到妹仔。左右看了很久，沒看到妹仔，突然有一種很不好很不好的預感，覺得接下來的事情會讓自己整個人壞去。老頭子牙關打架，無法控制。

心裡有一絲期望，歹人闖進家門，殺了自己老婆，妹仔很靈巧躲在床底下逃過一劫。若是這樣，彎下腰，看了看床底。

一切便很好。至少還有妹仔。

隨後老頭便崩潰大聲嘶吼起來。

妹仔在床底，那一身粉紅色的洋裝，是每次帶她出去玩都會穿的，月素肯定是告訴妹仔等等爸爸要帶全家出去玩，所以妹仔早早就換好洋裝等自己歸家吧。如果機車沒有發不動，如果今天沒有去那個什麼法事，但是……

妹仔在床底，那一身粉紅色的洋裝，一看就知道是妹仔。

其他的都看不清了。

老頭趴下去，伸手想把妹仔撈出來，只撈出那件破碎的粉紅色洋裝，其他的肉就撈不出來了，只能抓一把，再抓一把，然後再抓一把。

看見自己的女兒被啃咬成這樣，老頭整個人像瘋了一樣，一邊抓著這些肉，一邊期待這不是妹仔。全身都被咬爛了，到底是什麼……

將妹仔的屍體拉出來之後，趴在地上渾身發抖的老頭，嘴裡嗚嗚地，想放聲大哭，卻不知怎麼地力氣發不出來，眼淚狂掉，但什麼都看得很清。是誰？到底是誰？從床底把自己推出來之後，老頭緊緊抓著妹仔的洋裝，趴在地上不知道現在應該怎麼辦。

「叩、叩。」

「嗡……」

樓下傳來了敲門聲。

老頭全身的毛都站起來，憤怒、麻木與恐懼，幾種格格不入的感覺充斥著自己的毛孔也蔓延在皮膚。像有人細細地抓著自己每一根頭髮，搓揉自己的耳朵一樣，這種感覺是生平第一次。

好在聲音一下子就沒了，老頭坐起身，將妹仔已經壞去的身體抱起來，還有洋裝，還有那個她最愛的娃娃趺趺撞撞地上床，也不管自己膝蓋撞上了床架。來到月素身邊，站起來將月素抱下，月素的頭就這樣掉下來了。老頭發出「呃、呃、嗚、嗚」的聲音，是極力忍著不想發出聲音，卻無法控制自己的那樣。月素的血都流乾了吧，床上整個都是濕的，老頭一時不知道該把月素的頭怎麼擺。

「叩叩、嗡……」

渾身發抖，盯著房門。

聲音又沒了，老頭顫抖著從床邊想抓點東西防身，只抓到月素的口紅，那還是結婚前老頭特別買給她的，月素總是捨不得用，都放到硬了。探手再抓，抓到個衣架，老頭將它舉著放在身前。血其實多了，就變成黑色的，老頭也是現在才知道。發黑的手讓淺藍色的三角衣架都染了一塊一塊的紅。

「哐。」

「哐。」

「哐。」

有人踏上鐵梯了。哐。

老頭咬緊牙，準備不管是誰來，務必要衝上去。要的。

哐。

不管是誰，這種決心跟自己發抖的身體形成對比。

哐。

「歪牙牙。」門被推開的聲音是如此讓人發顫。

門後面一個人都沒有。

哐。哐！哐哐哐哐哐！

聲音從上方傳來，那個不知道是誰的歹人正在鐵皮屋頂上，腳步越來越近。老頭此時身體發抖，眼球隨著聲音移動，左邊，更左邊。停下來了。右邊，更右邊……

咻咻咻咻。

只有老頭濃濁的鼻息聲。

哐哐聲音停止，夜晚的道觀安靜得讓人發慌。

好像有好幾個小時那麼久，實際上或者只是幾秒鐘，老頭終於發覺了不對，太不對了，聲音停止太久了。微微低下頭，往床上一看。

月素掉落的那顆頭，正對著自己笑。不，那不是月素。

那是之前雲董肩膀上的那張臉。

也是那天夢裡，不斷闖進來的那張臉。

● ●

法壇在工地上凌亂。

未知幾日之後，因為整個工地建案沒有復工的跡象，引起了騷動。一九八三年十月，原先已購買預售的住戶到現場抗議，此時木造的法壇已不成模樣，就像什麼舞台搭建，雖然形式怪異，但前來抗議的住戶根本不管，任憑其破敗在原地，彷彿見識了這一切的發生以及崩塌。

扔著雞蛋，拉著白布條。成雲建設已有許久沒有人回應，雲董也消失無蹤。當時正值民國七〇年代，經濟起飛，各地建設雨後春筍一樣，也興起了大量的預售風潮。這些購買預售的住戶發起了「雲來別莊」住戶自救會，請來三台記者報導。雲董消失之後，這新聞根本壓不下。

成雲建設公司門口也被砸了一通雞蛋，甚至有人開車衝撞大門，彼時還引起了軒然大波。而後，在警察陪同下，自救會代表邱維智、蔡恆生協同電視台記者前往成雲建設辦公室。以下為當時留下的未播出採訪畫面。

攝影師讓記者開燈，開燈的瞬間角落閃過一個黑影。自救會的兩人在攝影機後方說話，收音不好，無法辨認內容。警方站在門外並未進門，想來是為了讓這些人發洩一下，若是自救會成員瘋狂濫砸，恐怕也會睜一隻眼閉一隻眼才是。鏡頭跟著記者往前，辦公桌上放著一杯喝到一半的茶。

攝影師讓記者拿起桌上的黃色符紙對著鏡頭。黃紙上潦草地寫著「來了」兩個字。若這兩個記者知情，便會知道這是老頭之前託助理拿給雲董的那張符。

記者隨後發現桌上兩個像牙齒的小圓柱體，拿起來仔細看著。

「這是……牙齒？」記者說道。

後方書櫃突然掉落不明物體，鏡頭轉向後方。

記者將牙齒放回辦公桌，攝影師要求補拍那張黃紙。

記者尋找那張黃紙多時未果，攝影機隨意拍攝。

最後卻在辦公桌上再次看見黃紙。

「欸幹，找半天怎麼在這裡？」攝影師的聲音從鏡頭後方傳來。

攝影機湊上前，紙上寫著「死了」兩字。

自救會兩人從畫面左方衝出，一臉驚恐。鏡頭一陣晃動。

「這什麼？卡緊，卡緊。」急促的話音，不知是哪一個人的聲音。

畫面停止。

小胡啊，老哥跟你說，那個還魂是千千萬萬不可以做的。老哥還有件事沒跟你說，這個事兒啊，要從咱師祖那時候說起。還記得我跟你說起那一次還魂出了大事不？那時候我還小，我師父，也就是我叔，親叔、我爹的二弟，遮遮掩掩的啥也不說清，那時候我是給嚇壞了。那個來央求的鄉親啊，儀式還沒結束整個人就被上身了。

本來以為是要問亡去的親人有什麼話要交代的，沒想到真敢下手的就是要來還魂的那一個。據說是自己的親妹，那個喪盡天良的傢伙，真下得去手。還不只，偏偏還要還魂來糟蹋，遭到了反噬。

那一天是這樣的。那鄉親本來在旁邊，突然下起了雨。我那時候小，條件也不足夠，沒有雨傘這東西，蓑衣套上就好，特別大件，還是一旁長輩給的。披著蓑衣壓著眼，是有些看不清的。等到那人的聲音蓋過雨水才知道發生了什麼事。

那傢伙趴地上，唉，怎麼說呢？恐怕就是那可憐的姑娘被汙辱那天的樣子，沒辦法多說，我那年紀簡直被嚇傻了，差點暈過去。這還魂啊，千萬可別用啊，到好久之後偶然才聽我師父說起，真正的還魂可不是那麼簡單的，那得好幾個人換一個才行，我就好奇了，是不是真的能讓亡死的人回來，我師父說，回來是可以的，就是只能留在剛去的那個樣子。你說，人剛去的時候有哪個好看的？

小胡，老哥就說到這裡。

東西吧，我都傳給你了，留著只是個念想，畢竟老祖宗留下來的手藝，就這麼沒聲息亡失了真不甘。但這個事兒，你得心裡明白。

記著了。

每一個死去的人要回來，都得要好多個活著的白送。

那次我師祖、幾個師伯，加上我大師兄都沒了。

唉，你還記得王如根不？那一次王如根還在，但也不是他了。

我話就說到這裡，小胡，如果沒有找到晚輩，這點破手藝，就讓它斷了吧。

斷了也好。

到此為止吧。

第三部

（開始之前）來自一九八四年的影片

「阮咔哈。」一個男子說道。

「很緊張咧，你確定阮咔哈今天會出來？」另一個男子說道。

「對啦，大仔說就是今天，不要亂想，發財就趁今天。」

影片沒有畫面，過了一會兒首先開口的男子說道：「機器，怎麼沒有畫面？」

「幹，鏡頭沒開啦，會不會用？」另一人回答道。

台北，某舊公寓。

長長的樓梯，舊Ｖ８的畫質如今看來有些破碎。樓梯無光，一人持著攝影機，另外一人拿著手電筒往上。隨著移動的腳步，傳來兩人帶著壓抑的呼吸聲。當年的器材不算先進，畫面有些斷斷斷續續。

發財。

兩人自從跟了老大，並隨著祭拜阢哞哈之後，一切都有了不同。打麻將手氣好，就連推筒子也是手到擒來。一切都來自於阢哞哈，尊敬的母神。八〇年代社會迅速發展，特別是六合彩、大家樂風靡一時。許多人將命運寄託給不知道的神明，一旦賭輸了，便遷怒於信仰。彼時河裡曾打撈出許多因為沒保佑信眾發財的神像。

阢哞哈不同。

有求必應，比之前的養小鬼還要神。

這次好不容易才打聽出老大要辦祈福法會，不讓太多人去。兩人死皮賴臉才得到這個機會，不由得興奮起來。兩人繼續上樓。

斗篷，昏暗。

一個穿著斗篷的男子，因為遮著而看不清長相。

「好了，不要開玩笑。今天日子很重要，等會兒我說什麼，你們就照做。」

那男子說道，兩人隨著他繼續往上走。明明是舊公寓的樓梯，卻好似怎麼也走不到盡頭。往上，往上。轉彎，往上。

其中一個男子嘀咕：「看起來不大，裡面怎麼走這麼久？」

「噓！別說話。」另外一人小聲地。

「幹。」

鏡頭晃動。

一個人突然出現在鏡頭前，做著奇怪又難以形容的手勢。

法鼓的聲音傳來。

「阮哞哈啦，啊當嘎殺。」

「阮哞哈啦，啊當嘎殺。」

「阮哞哈啦，啊當嘎殺。」

兩人熟悉的經文傳來。

鏡頭轉個彎，其中一人轉過身，一臉疑惑。

「幹麼？」另外一人說道。

「幹這什麼聲音？」

「噓，別管閒事。」

經文唸誦聲持續著。

昏暗的公寓內部沒有一絲人造照明，正中間多支蠟燭正點燃著，圍繞著一顆說來有點奇怪、上頭還繞著一圈細長紅布的石頭。那一瞬間兩人明白了，這就是阬哰哈。阬哰哈啦，啊當嘎殺。兩人跟著唸誦，這祈福的經文有種神奇的魔力，謎一樣的能讓人沉靜下來。持著V8的小伙子想起，自己曾在一次搏骰子的時候，默唸這幾句經文，那可是通殺啊！

阬哰哈啦，啊當嘎殺。

先前交代事情的斗篷男，將石頭神像旁的最後一根蠟燭點上。蠟燭外坐著一圈人，每個人都將自己包著。兩個小伙子有些緊張，這裡就自己兩個沒穿一樣的衣服，是不是不妥？還沒來得及討論，沒有拿攝影機的男子便發現，老大坐在人群裡，對著兩人點點頭。

「好，現在將你們的東西都拿出來。」

幹，拿什麼東西？

因為這次機會是從其他人那裡搶來的，自己以前也沒參與過，兩手空空就一台V8，此時顯得有些慌了手腳。沒拿攝影機的男子推了推另外一個，說道：「看！」

老大拿出一疊紙，對著石像拜著。

看起來不像金紙那類的物件，倒像是什麼資料。

鏡頭轉向老大。

老大身旁的男人突然站起身，嚇了兩人一跳。

唸誦聲這時停下。

安靜，讓人心安的靜。

鏡頭轉向石像。

這種寧靜的感覺，特別讓人放鬆。好似墜入了什麼柔軟的夢裡，昏黃的燭光輕輕灑在所有人身上，直直貫穿進入靈魂的深處，像母親的撫摸，像夏日午後吹來涼涼的風。

「唔啊啊啊啊，啊！」

鏡頭一晃，其中一個信眾起身，發出可怕的嘶吼。整個像發狂一般。

經文唸誦聲此時再次響起，兩人也不由自主跟著唸。

阢哖哈啦，啊當嘎殺。

阢哖哈啦，啊當嘎殺。

聲音開始紊亂，鏡頭劇烈地搖晃著。

啃食。血腥。瘋狂與憎恨，貪婪與死亡。

痛苦的吼叫聲此起彼落，那些還在堅持著誦唸經文者，聲音也漸漸被恐懼的尖叫所取代。末日一般的眾生相，唯有那顆像蛋一樣的石像靜靜地看著，好像如此多年，見識過人間的瘋狂不知凡幾，此次說不上最血腥的一次。

除此之外，還有這顆鏡頭也看著。

持著攝影機的男子，似乎也倒地了。

鏡頭最後，不知哪個人拿起了鏡頭，本來亮著的燭光全滅。

手電筒的光線形成一個亮晃晃的白色隧道，彷彿要將人吸引進去。

手電筒的光照著石像，一隻穿著斗篷的手伸出來，可以看見手上有著龍的刺青。拍拍，拍拍。

唯有石像還在。唯有阬哖哈還在。

手電筒光線並不強，只隱約可見手拍著另外一個穿著斗篷的傢伙。是個老頭。

老頭手裡抓著一張相片，隨著刺青的手拍打，一下、一下。

突然抬起頭，發出不似人類的吼叫聲。那是痛苦與疼痛交雜的聲音，那是遭受了無止境的折磨才能發出的聲音。

老頭的臉充滿著恐懼、不敢置信以及心碎。

（結束之前）不該有的第四壇

天仁拿著手機，從房間的窗戶往外拍著。窗戶緊閉但窗簾正一下又一下地揮動，就像有人在窗簾後撥弄著。但天仁與阿序此時都不在意了。阿序拉開窗簾，玻璃不甚清楚的反射中，房間站滿了人。一個又一個，一個緊貼著一個，頭低低的兩手不自然地垂下並僵硬地微微向後，幾乎要往前衝的姿態。

阿序與天仁似乎並未察覺，眼睛盯著不遠處。

蠟燭，一堆白色的布幔隨著風飄搖著。老師仔手裡拿著什麼，仔細端詳了好一會兒，便珍而重之地收好。扇子往左，身體大幅度地擺動，那姿勢怎麼看都覺得詭異極了。

不知道發生了什麼，天仁抓著手機衝出度假村房間，阿序緊跟其後，門重重地關上。才踏出走廊沒幾步，整個度假村陷入一片黑暗，所有的光、所有的顏色與聲音都消失了，唯有那個讓人發寒的管家站在門邊，手電筒的燈光一掃，兩人忍不住嚇了一跳。那慘白的臉帶著笑，雙目流淚，整個人卻僵直不動，或者已經不是活著的了。

手忙腳亂拿出手電筒往老師仔的祭壇處狂奔，一直跑到老師仔的跟前。老師仔跪在地上，扇子拄地，呈現扭曲的肢體。

老師仔一動也不動，直到兩人緩慢地靠近，才漸漸轉過身來。

臉頰兩側，有一雙慘白的手正緊緊攫住他的臉，往兩旁扯。

血肉模糊，老師仔還掙扎著用盡最後的力氣。

「嘍來……」老師仔顫抖著。

但此刻已然來不及了。

兩人拔腿狂奔，想離開這個地方，燭火滅了。

遠方傳來男子的嘶叫聲，片刻後，度假村重新恢復光明。

胡坤成，人稱老胡、老高人、老頭、老師仔。
生於民國三十四年四月十三日，暖暖人。
卒於民國一百一十二年七月十一日。
曾有一妻一女，於一九八三年過世，此後獨身一人。
死時亦獨身一人。

（一）開始了

「這導航是撞邪了是吧！」陳漢銓無奈地說著，拍了拍手機。
路旁，路標清楚標示著前方的告示，本來該是紅圈，裡面有個黑色箭頭指引方向，現在箭頭卻呈現紅色，並且像融化一樣流淌著。告示牌後面隱約站著一個人，但車子速度太快了，一閃即逝。

如果從天空俯瞰整個度假村，會發現整塊地呈現一個葫蘆形，有點不協調。度假村即將開幕，號稱全國最極致的景觀，最奢華的裝設以及最頂級的管家式服務，在開幕之前，特別找來目前當紅的直播主瑪菲司前來宣傳，一方面在現場直播與粉絲互動，一邊也替度假村做完整的介紹。

就是業配。

阿序在車上醒來的時候，已經在前往度假村的路上。正對著導航莫可奈何找著路，一邊開著車的是自己的繼父，陳漢銓，從開始到現在，陳靖序一次也沒喊過他一聲爸爸，只叫他叔叔。不管瑪菲司怎麼罵爛賭鬼，罵他不負責任，阿序都認為自己只有一個爸爸，就是王政光。今天，剛好是王政光的忌日。

坐在副駕駛座的阿序剛才睡著了，夢裡爸爸正帶著自己去紅帽象打電動，換了一大堆的代幣。那時候，同學多羨慕自己，遊樂場裡所有遊戲都隨便玩，還可以吃超級好吃的冰淇淋，爸爸還會帶自己去吃披薩。那真是自己最快樂的時候了。

爸爸總是說，不要告訴媽媽。

當然，如果媽媽知道自己又吃冰淇淋，還跑去遊樂場打電動，一定會很生氣。所以這是阿序跟爸爸的小祕密。但是再也沒有了。

「為什麼我一定要去那個什麼度假村？」阿序有點悶。

瑪菲司正準備著待會兒抵達度假村後的第一場直播，好不容易抓準機會趁著這個直播的熱度，成為了台灣的百萬直播主，早年苦過好長時間的她總是提醒自己，珍惜再珍惜。聽見阿序這麼說，瑪菲司有點生氣，但還是耐著性子說道：「這個度假村是很棒的，風景很好，而且房間超漂亮。阿序你就——」

「今天是我爸的忌日，我自己叫車——」阿序說著。

「你怎麼每次都要說這個？難得一家人一起出來。」瑪菲司打斷道。

「一家人？」阿序小聲地：「就不是一家人啊。」

「請左轉。」導航說。

陳漢銓將車速慢下，探頭往左看。

「左邊沒有路啊！」陳漢銓急了，伸手按向導航：「是不是地址有問……」

不知為何，車子又開到了剛才那個告示牌處。但告示牌卻倒下，恰好擋在路上，分心看導航的陳漢銓緊急煞車，發出尖銳的煞車聲。

一陣忙亂之後，陳漢銓下車，與阿序一起將告示牌搬離路面。

「砰！」一地一聲，擋風玻璃砸下了一個東西。

阿序的妹妹陳靖媛嚇了一跳，剛才緊急煞車的驚魂還沒定下來，此時一臉蒼白。陳靖媛與阿序相差十歲，是自己同母異父的妹妹，雖然如此，阿序卻是很喜愛這個妹妹。阿序走向擋風玻璃，抬頭看著天。

「從哪裡來的？」阿序喃喃自語。

是一個看起來很破舊的、手工的布娃娃，做工粗糙，卻相當別緻。

阿序仔細地看著，陳漢銓拍拍手上的髒汙，走過來道：「什麼亂七八糟的，丟了吧，我們趕緊上車。」

阿序輕輕將布偶上的灰塵拍掉，還吹了幾口氣，將其放在路邊，坐好。

上車之後，陳漢銓重新設定導航，按了老半天，準備出發的時候，車子發不動了。

●●

「時間有點趕，我們一邊往上走，趙哥會開車過來接我們，車子拖去山下修理，行李我們帶著。」瑪菲司聯絡完已經抵達度假村的員工老趙之後，決定先下車走一段，讓老趙過來接自己，如此一來既節省時間，也方便老趙找到自己一家人。

阿序對於要下車行走頗有微詞，但心裡明白母親對於工作的執著與堅持，時間上絕對不容許任何拖延。但臉上的不快，還是讓陳漢銓瞧見了。

「要帶著行李走山路？」阿序抱怨著。

「來來，讓我來。阿序你就幫叔叔拿那兩個小的包包，還有妹妹那一個。」

陳漢銓打開後車廂，搬下了所有行李。

「估狗是說五分鐘就會到，我們稍微走一小段。」瑪菲司說。

五分鐘是走不到了。幾個人在小路上走著，上坡路確實讓人相當疲累，雖然還是春天，但已經有些熱。陳靖媛有些受不了，穿著高跟鞋的瑪菲司也難受。走著，陳靖媛突然在路邊停下腳步。樹下擺著一個娃娃，好端端地坐著。若仔細看，那樣子就是剛才陳靖序擺著的樣子。

陳靖媛將娃娃拾起，轉頭看向陳靖序。

「哥哥，這個給你。」

阿序走上前，楞了一下：「妳怎麼有這個？」

陳漢銓皺眉，一把取走，扔在路邊。

「不要亂撿東西，髒死了。」

阿序有些不高興，這明明是妹妹交到自己手上的，不管乾淨與否，如此被搶走扔掉，正值青春期的陳靖序整個人都要爆炸了。妹妹還回過頭看著娃娃被扔掉的地方。這一切混亂又詭異。

「陳靖序！陳漢銓！」

阿序真的不爽了，自己還沒開口反擊，又要被唸？

回過頭，卻見到瑪菲司一臉驚恐地指著前方。

「車……」

「欸，怎麼又繞回來？肯定中間走岔路了。」

陳漢銓趕緊走到最前頭，仔細看了看前方的路。

「我們一直往上走，怎麼可能又走回這裡？」阿序說。

「不要走了，不要走了，我們上車，車上等。我打給趙哥。」

瑪菲司往車子走去。媛媛往車前走，擋風玻璃上，方才那個布偶再次出現。「你又來啦！」媛媛伸出指頭，在唇上噓了一下：「媽媽不喜歡你。」

「在跟誰說話啊？」阿序走來，探頭看了一眼。

「沒有哇。」媛媛說。

擋風玻璃上，什麼都沒有。

「您的電話將轉接到語音信箱，請在嘟聲後開始留言……」

瑪菲司按掉電話，重重嘆了一口氣。老趙的電話打不通，現在有些麻煩。

「以前我爸遇到車子壞掉，都可以一下子就修好，我覺得——」

「陳靖序，好了！」瑪菲司打斷。

「沒關係，沒關係。」陳漢銓說：「抱歉啊，叔叔對車子比較不在行。」

「我只是覺得出門前要檢查一下啊。可能是沒電或者……」阿序說道：「而且今天是爸爸的……」

「好了！難得一家人出來開開心心，不要說那個。」瑪菲司說。

說完之後，或許是察覺到自己的語氣稍微強硬了，瑪菲司伸出手，想拍拍阿序的肩膀。

布偶，布偶，布偶，布偶。

布偶突然拍在陳靖媛旁邊的車窗上，瑪菲司驚呼出聲。

接二連三的怪事，讓幾個人都有些焦躁。

趙哥從布偶後面探出頭，自以為幽默地笑著。

瑪菲司將窗戶按下：「趙哥，你怎麼這麼久！」

「久？哪有，我馬上就下來了，」老趙看了看手錶，布偶被抓著，橫了一百八十度：「還不到五分鐘耶！」

媛媛對著窗戶，小聲說著：「你來啦。」

趙哥聽見，笑了：「妹妹好乖。老闆，銓哥，我先載你們上去，拖車會晚點。」

瑪菲司一家人下車，老趙幫忙提著行李。陳漢銓隨口一問：「老趙啊，你怎麼手裡拿著這麼個破娃娃？」老趙楞了一下。

「沒啊，這放在你們車子旁邊，我以為是妹妹掉的，幫忙撿起來咧。」

●●

直播螢幕上，留言不絕。

+1

哇這裡好美喔。

想去！

這裡是哪裡？

嘎啦

瑪菲司今天也很美喔。

「哈囉，大家好，今天我們來到這麼美的地方，你們知道這裡是哪裡嗎？今天就帶大家搶先看，可以說是號稱最美的度假村喔！」

瑪菲司張開雙手，精神奕奕地隨著鏡頭旋轉。

然而，說是最美的度假村，不知為何，總感覺有一股陳舊的味道，透過鏡頭也掩飾不了那種破敗感。儂萊度假村確實是新建成的，這塊地方早年曾經有建設公司開發為度假別墅，不料還沒動工便發生工地意外，甚至還牽扯到當年轟動一時的知名藝人車禍事件。

事隔多年，在接受這個知名的飯店集團改造後，總算是煥發出新的樣貌。

「當然，我們今天特別直播的活動，也……會帶來喀、喀最優惠的全新商品，今天有下單的朋友，嘿嘿，瑪菲司特喀喀、幫你們爭取到度假村的住宿招待券！」

有雜音。

聽不清楚耶。

麥克風有問題？

這聲音也太恐怖了吧！

直播的留言有些騷動，但人數卻是節節攀高。一旁的工作人員見狀，也不打斷瑪菲司，讓直播繼續進行。

後面那是什麼？

住宿券假日可以用嗎？

聲音聽不清楚。

+1

後面！

天啊後面那是什麼？

製造效果喔！這樣有人敢去？

我要抽住宿券

後面有東西！

那是什麼啦

瑪菲司手指著牆上掛著的畫。顏色有些灰暗沉重，外圍光芒四射，正中間是無法具體形容的物事，像扭曲的碑，或者像……一顆石子。鏡頭畢竟是一掃而過，無法清晰看見，畫的左下角寫著一行字。

「願為MEHATTA，承世間惡。」

「哇，這幅畫看起來就相當特別，好像是……藝術品？石頭？我是看不懂啦，看得懂的朋友，在下面留言跟我們說一下喔。」

啊！」

瑪菲司一轉頭，一個面無表情、穿著白色襯衫黑色西裝褲，上身還加了小背心的男子站在距離瑪菲司不到一步的距離。看見鏡頭轉來，露出牙齒，僵硬地笑著。

「呃，那個……好，先跟大家介紹一下，這個度假村最貼心的服務，就是每一個入住的人，都可以得到管家最無微不至的服務，不管是任何需求，只要是能力範圍內，都能夠辦到喔。來，先請管家跟大家自我介紹。」

「我是這裡的管家，牟至聖。有任何需要，貴賓可以完全交給我。正式開幕之後，每一間房型都有專屬的管家。」

「牟……先生，好特別的姓。」瑪菲司尷尬地笑著：「我們是搶到頭香的！那我想問問，晚上我想吃日本料理，可以嗎？」

管家盯著瑪菲司，瑪菲司只好小聲說道：「看鏡頭。」

管家抬頭，笑著：「可以的，竭誠為您服務。」

說罷，轉頭便走，留下傻眼又尷尬的瑪菲司。

「剛才的雜訊滿麻煩的……」度假村大廳，瑪菲司看著腳本，有些皺眉。

「沒關係啦，效果很好！我都以為這是故意SET的，不然下次我們來弄個暗黑的，嘿嘿。」

老趙在一旁笑著。

這次不在門市，也不在倉庫直播，拉到這個地方來，原先公司是有些擔憂。沒想到效果相當好，甚至可以說是突破天際線了，業績翻了好幾番，記者都直接打電話來說想採訪直播女神單日直播業績破三千萬的神奇業績。

陳漢銓見阿序走來，上前攔住。

「阿序啊，等一下吃飯的時候，你把這個裝在身上，你要注意那個……」

阿序盯著陳漢銓：「吃飯也要拍？」

「這是跟度假村談好的，要幫他們宣……」

「宣傳？帶著這個根本沒隱私啊。」

瑪菲司起身，嘆了口氣對著阿序道：「就今天一天而已。」

「今天？今天是我爸的忌日，我不能去看他，然後在這邊當猴子？」

「陳靖序，你今天怎麼了，一直提到他？有顧慮到你、你叔叔嗎？」

阿序狠狠地瞪著瑪菲司，接著便把身上的 GoPro 拆下扔在桌上，掉頭離開。

「那個……我先走了。」老趙尷尬地。

「沒事了。」陳漢銓走到瑪菲司身前，輕輕拍了拍。

這幾年有多辛苦，陳漢銓是完全明白的。當然也清楚正在叛逆期的阿序總會有一些脫軌的態度與言詞，這麼多時間下來，還不能得到他的認可，對陳漢銓而言，也是有點喪氣。但不能在瑪菲司面前喪氣。

●●

「爛賭鬼有什麼好看的……」

「那畢竟是他爸。沒事了，過去就好，休息一下。」

遊戲室內，媛媛一個人坐著。度假村此時沒有其他的遊客，瑪菲司公司的人以及瑪菲司一家便是整個度假村所有人了。阿序一邊講電話，媛媛轉過頭，驚恐的表情一閃而逝，取代的是甜美的笑容。

「媛媛，在跟誰玩啊？」阿序蹲在妹妹身前。

遊戲室的玩具嶄新，有種奇妙的味道。

「來了。」媛媛說。

「對啊，哥哥來了。」阿序說道。

「哥哥要先走，你不要亂跑不然會被魔鬼抓走喔。」

「魔鬼來了！」媛媛笑著。

阿序將擺在地上的布偶舉高，看了看：「怎麼又是這個？趙叔叔給你的？」

媛媛歪著頭笑著：「哥哥，你要去哪裡？」

「今天是哥哥的爸爸的忌日，哥哥要去看他。」

「爸爸在裡面啊。」媛媛手指著大廳方向。

「是哥哥的爸爸，不是媛媛的爸爸。」

「爸爸要死掉了嗎？」媛媛嘟嘴。

「不是，是我的爸爸。你的爸爸好好的。」

「不要死掉，好不好？」媛媛幾乎要掉眼淚了。

阿序見狀，趕忙摸摸媛媛的頭，自責自己亂說話。

「好好好，都不要死掉。反正我先出去一下，回去再買新的娃娃給你，這個不要了，好不好？髒髒的。」

媛媛笑著點頭。阿序本想擁抱一下這個乖巧又可愛的妹妹，準備伸出手時電話卻響了。低下頭拿出手機，卻沒看見遊戲室後，管家如同雕像一般，在窗外靜靜看著兄妹倆的互動。整個度假村只有媛媛一個孩子，管家確實相當仔細貼心，避免媛媛獨自在遊戲室發生意外。

陳靖媛背對著窗，拿著那個布偶。回過頭，管家已然離去。

阿序上了天仁的車，將座椅往後調，卡著半天才成功。這台破車也不知道天仁花多少錢買的，還能開上路簡直奇蹟。阿序黝黑的皮膚因為汗水看起來稍嫌狼狽，用袖子隨便擦了擦臉。

天仁是阿序學校社團的學長，已經畢業了，目前在一所私立大學進修部，整天嫌學費貴想休學。咬著一個棒棒糖，有些吊兒郎當的天仁一頭短髮，卻沒怎麼修剪，整體顯得蓬亂，鬍渣在略顯白皙的臉上有些突兀，像硬要留鬍子的國中生一樣。

「幹麼這麼急，明天再去，不行嗎？」天仁從嘴裡取出棒棒糖。

「我爸忌日是今天。」阿序無奈道。

「弄完載你回去？」天仁咬著棒棒糖含糊說著。

「我今天住你那，謝啦。」

「幹，付我房租啦，天天睡我那。」

阿序充耳不聞，眼睛盯著手機。

「這裡好像家，真的好舒服。好想永遠都待在這裡。」

瑪菲司的聲音從手機裡傳來，或者因為網路稍差，有些斷斷續續。

「永遠待在這裡。」

「這裡。」

阿序將手機關掉，天仁指向凌亂的後座。

「我弄到了很厲害的東西，你看一下。」

解開安全帶，轉身找了一會兒：「馬的這麼亂，怎麼找？觀落陰喔！」

「下面啦，看到沒？Miles Davis！」

藍色封面的黑膠唱片，阿序驚呼一聲。

「一千四百八，你出一千五就好。」天仁說。

「你數學老師聽到會哭。」

「來載你加油不必錢？陪你聊天不必錢？」

「好啦好啦，這張先給我聽。」

車子開過蜿蜒的山路，空氣中有種寧靜的味道。若不是遇到車子拋錨，若不是今天是爸爸的忌日，阿序心裡想，這確實是不錯的地方。

天仁將手機遞給阿序，挑眉讓他點擊畫面上的影片。阿序接過之後，影片平平無奇。一個人走在晦暗的走廊，像夢遊一樣。突然間一張恐怖的臉出現在鏡頭前，很大，很嚇人。阿序受到驚嚇差點將手機扔開。

「搞屁喔！」

「厲害吧！我自己做的，跟你講放網路上絕對屌爆。」

阿序看著天仁，甩甩頭。

方才轉彎時經過一支公德鏡，好像看見有人在車上。

不，不是在車裡，是在車子的上方，像蹲著，又像是一個黑色的大垃圾袋。

（二）他死了

瑪菲司連高跟鞋都沒脫，一臉疲憊坐在沙發上。在度假村接連幾場的活動以及拍攝讓她筋疲力盡。陳漢銓坐在她身旁，努力撥打著阿序的電話，始終無人接聽。阿序自行離開度假村後，只傳了幾個訊息，雖然知道他與天仁在一塊，終究是不放心。

「我真的好喜歡那裡。如果我死了，把我埋在那裡，好不好？」

「什麼死不死的，別亂說。餓了，我去給你煮點麵？」

「陳漢銓，我骨灰撒在那裡，好不好啊？」

門「叩嗡嗡」打開了。

阿序背著背包，一臉倔強。準備好被母親訓斥一頓。

「陳靖序，回來啦。你怎麼自己先跑掉咧？你都不知道那裡多好，我真的不想回來。」

瑪菲司漸漸有氣無力：「好餓啊。阿序，你餓嗎？你去看你爸爸啦，真孝順，就算他那麼沒用、那麼愛賭。好餓啊！就沒一個地方好的，除了有你這個孩子。陳靖序啊，媽媽好餓啊。」

阿序不知所措，陳漢銓在一旁使眼色，讓他先去房間。

窸窸窣窣，窸窸窣窣。經過妹妹房間時，阿序忍不住停下腳步。房內傳出微不可聞、彷若人在交談的聲音，窸窸窣窣，窸窸窣窣。阿序敲了敲門，半晌也沒有回應。

媛媛房間裡沒有床，正中間搭著一個粉紅色的帳篷，一邊擺著許多布娃娃。平時媛媛睡覺、玩耍都在帳篷內，那是專屬於媛媛的小天地，唯有阿序可以進入，連瑪菲司都不行。

「魔鬼來了，保護我。」

帳篷內透著光線，媛媛的身影倒映在帳篷布上。在媛媛的對面，好似還坐著另外一個人。阿序心裡一突，向前拉開帳篷。

「魔鬼來了，保護我。」媛媛的聲音。

帳篷內媛媛對面，並沒有任何影子。

「媛媛在幹麼？我敲門好久了。」阿序說道。

媛媛轉過頭。阿序突然覺得，媛媛的臉有點陌生，就像……盯著鏡子裡的自己太久一樣。好在媛媛立刻露出笑容：「哥哥，你要保護誰？」

阿序笑著摸摸媛媛的頭：「當然是我們媛媛啊。咦！」

阿序看著媛媛手裡的布偶：「你把這個帶回來了？」

「好可愛。」媛媛說。

好可愛，布偶確實越看越別緻，從媛媛手裡接過來再看幾眼，發覺布偶臉上有了點破洞，可能玩耍的過程磨破了吧。如果仔細地算起，這布偶存在的年歲相當久遠，一轉眼是四十年了。當然阿序與媛媛是不知情的，這世界上每一樣物品都有背後的故事，流浪，經過多少的手，與多少目光相對。凝視。

這四十年，這布偶是怎麼保持成這個樣子的呢？

●●

無光。

老趙走出電梯，將辦公室的門打開之後，在一片黑暗裡摸索著電燈的開關。前方感應式小夜燈亮起，傳來「砰」的聲響。開關上上下下，就是怎麼也開不了燈。被聲音吸引注意力的老趙，一手甩著鑰匙，一手拿手機開啟手電筒功能。

「誰啊？」老趙皺眉。走廊傳來些許回音。

料想可能總電源被關閉了。老趙嘆了口氣，在走廊上前進。

「趙振輝。」

老趙回過頭，這聲音好熟啊。

「誰啊，Amy，是你嗎？」

無人回應。老趙天生是個膽大的，雖然有些粗線條但事情總是可以辦妥當，因此相當受到瑪菲司器重。偏偏又是個個性率直的人，沒有人回應，也就當自己聽錯了。

瑪菲司的辦公室在前方，需要轉過一個彎。

經過大會議室的時候，老趙忍不住又停下腳步，透過會議室玻璃往裡頭看了看。看了看。

沒有人的辦公室，老趙特別王八蛋，竟然掏出菸盒，打算直接抽菸。想了想還是覺得不妥，要是被老闆發現了就不妙了，嘖了一聲彷彿對自己的怯懦不大滿意，想往一旁的陽台。

只是來瑪菲司的辦公室拿個文件而已。

A4大小，不過幾張，在一個霧面的公文夾裡頭，就在瑪菲司辦公桌後面櫃子上第二格第一份。如此簡單。

旁邊的直播間傳來極其嘈雜的「喀喀」聲音。老趙心想，好傢伙，擺明了來拍照還想躲起來唬我，看我怎麼修理你們。

推開直播間的門，一切歸於平靜。

「喀喀喀喀喀……」

「喀喀喀喀喀……」

一個綠色的發條小恐龍玩具在地上一蹬一蹬。

「喀喀喀喀喀……」

搞屁啊老趙忍不住呸了一聲。

彎下腰隨手拿起小恐龍，心裡還是隱約覺得有笨蛋想惡作劇。不然是誰上發條的？老趙竊笑，來這套，看我不整死你們。

小聲地，謹慎地，簡直可用步步為營來形容。

往直播間內，拉開遮光簾。

刺眼。這是老趙第一瞬間的感覺，閃光燈不停閃啊閃。

●●

陳漢銓坐在家中沙發上，頭歪歪靠著頭枕，整個人動也不動。難以言喻的詭異姿勢，不協調的肢體狀態。

瑪菲司拿著手機站在一旁，面無表情低頭看著他。一秒，兩秒，三秒。瑪菲司開始搖晃著自己的身體，跟隨著某種節奏，左左右右，前前後後，幅度並不大。好一段時間過去，如同死去般動也不動的陳漢銓突然傳出鼾聲，被這樣的聲音驚醒後，總算睜開眼，看見一旁的瑪菲司著實嚇了一跳。

「怎麼了？」陳漢銓抬頭。

「你睡著了。」瑪菲司笑了。

「看完球賽就瞇了一下。在這裡站很久了？」

「對啊，趙哥傳了個很無聊的影片給我，要不要看看？」

叩、叩、叩。在室內還穿著高跟鞋的瑪菲司走到沙發前坐下。

陳漢銓伸手接過手機，點擊螢幕。看了片晌後：「老趙是在拍什麼？」

畫面開始是搖晃的鏡頭。

好一下子陳漢銓才看出來是在公司，畫面亂晃，只聽得見老趙的喘息聲。

一直到畫面轉移，才看出來老趙可能躲在一個櫃子後面，將手機伸出櫃子外拍攝。畫面裡什麼都沒有，只有直播間攝影棚的燈架、背板。人臉辨識出現了幾格，但畫面裡卻一個人都沒有。

畫面被靜止了，可能是老趙將手機立在一旁。鏡頭裡，老趙顯得非常慌張，除了喘息聲，還有一陣陣「喀喀喀」的聲音。

「三小！」

老趙轉回過頭，看著手機。不，嚴格說起來，是看著手機的後方。

這個影片唯一的說話聲，也是最後的說話聲。

老趙好像牽線木偶一般起身，在鏡頭前跳舞。舞姿還挺不錯的，陳漢銓心裡想，得好好吐槽他，什麼時候學了國標舞啊！

「喀喀喀。」

「喀喀喀。」

左轉右轉，左手水平提起，整個人轉一圈，然後手放下的同時另外一隻手高高舉著。脖子快速往左折，往右折。到這個地步，陳漢銓覺得有些噁心了。這比機器人舞還要難啊，看起來讓人難受。

一種寒意從腳底往上竄，平常就愛開玩笑的老趙，這次有點太超過了。

老趙轉了幾圈之後，鏡頭倒了，只看見辦公室的天花板，間接照明的隔板還可以辨認，但光線太弱了，實在是太弱了。

「嚄嚄嚄……」

奇怪的聲音，老趙出現在鏡頭角落，平躺在地的手機從下往上拍，老趙的臉看起來非常害怕，非常非常害怕。

一會兒消失，一會兒又出現在鏡頭。

「到底在搞什麼！」

話才說完，陳漢銓看見了。老趙兩手抓著自己的臉，在鏡頭角落左搖右晃。

好像不太對，老趙的手在下面，那是誰的手？那雙有些慘白，青筋暴露的手究竟是誰的？

「幹！」

陳漢銓將手機扔在桌上。

畫面的最後，老趙的手，不，老趙臉上的手，將自己的臉拉開。

「砰」地一聲，老趙躺倒在畫面上。

「這，假的吧？」陳漢銓看著瑪菲司。

「老趙有打給你嗎？」

瑪菲司笑著搖頭。陳漢銓起身，拿出自己的手機：「我來打給他。」

瑪菲司歪著頭，微笑問著：「是不是因為那個？」

「不是！」陳漢銓斬釘截鐵：「我先打給他……」

話才說完，手機便響了。

掛上電話，深深地呼吸幾下之後，陳漢銓看著瑪菲司，組織著自己的腦袋。

「老趙在醫院。」陳漢銓說。

「人……走了。」

兩人起身準備趕往醫院時，走廊邊上媛媛站著，手中高高舉著那個布偶。

「爸爸。」媛媛想將布偶遞給陳漢銓。

「妹妹乖，爸爸在忙。」不經意地，陳漢銓露出不耐煩的神情。

「跟爸爸媽媽出去一下，乖。」

（三）該回去了

阿序收起手機，左右看了看。母親與叔叔坐著，妹妹在一旁盯著自己。拍拍妹妹之後，阿序往會場外走。天仁正在廳外探頭探腦，對著阿序招手。

咬著棒棒糖的天仁，讓阿序有些不高興。這一天是趙哥的告別式，這場合咬著棒棒糖似乎不大合適。接過天仁遞過來的手機，阿序仔細看了看，沒多久就生氣地將手機扔回天仁手裡。

「搞屁啊！」

天仁笑著蹲下：「別發火，你看看，五萬瀏覽！」

「趙哥……趙哥今天告別式，你把這個放在網路上？」

當時趙哥的影片，阿序偷偷拿瑪菲司的手機傳到自己手機，當然也跟自己最好的朋友分享。沒料到這個混蛋竟然將影片傳上網路。

「我有稍微處理過啦。你看，臉都有打碼。」

阿序憤怒地瞪著天仁，天仁自知理虧，抱著阿序的肩膀。

「好啦，看不出來是他的臉啦，真的。」天仁說道。

「這影片真的好殺，你知道多久？兩天！就兩天！五萬！」

「你知道這是哪裡？早知道我就……」

「我知道啦。」

天仁咬著棒棒糖：「我就是試試看，沒有惡意，也不是對趙哥……對他不敬。誰知道這麼殺。」

「刪掉。」

「好，你給我幾天好不？我看看最後可以到多少，就只是看看。不過有件事我一直想問你，你說，那天……是趙哥把這個影片傳給你媽的？」

阿序點頭。

「趙哥是怎麼寄給你媽的？」

阿序楞住。這問題好像誰也沒有想過。如果趙哥發生意外，那麼現場有第二個人？所以趙哥這件事不是意外，是謀殺？

「哥哥。」

被媛媛的聲音驚醒，阿序回過神來。

「媽媽不見了。」

阿序轉頭就跑，天仁跟在身後。

回到告別式的大廳，瑪菲司與陳漢銓正坐在最前方。

「天仁，你來送趙哥啊。」瑪菲司禮貌地微笑。

天仁與兩人打過招呼之後，一臉疑惑看著媛媛。

「媽媽在這裡啊。」阿序也不解地看向她。

瑪菲司伸出手想牽起媛媛，媛媛卻往後退了。

微微上揚的嘴角消失了。取而代之的是憤怒，是會噴火的眼。

「媛媛，怎麼可以沒禮貌？」陳漢銓說。

媛媛只是搖頭，不停向後。

看見生氣的瑪菲司，阿序上前想說點什麼，才靠近瑪菲司一步。

「不要碰我！」瑪菲司大吼，引起廳內所有人側目。

像換了一個人一樣，瑪菲司咬牙切齒，整個下頷都在發抖。

「媛媛，阿序！」突然，瑪菲司露出害怕的表情。

「阿序，陳漢銓，媛媛，媽媽在這裡，媽媽……」

瑪菲司的狀態讓阿序不知所措，媛媛卻退得更後了。陳漢銓趕緊抓住瑪菲司的手，並轉頭跟其他來參加告別式的親屬朋友致意。

瑪菲司安靜下來了，眼神空洞臉龐麻木，直楞楞瞧著媛媛。

媛媛向前一步：「媽媽！」

媽媽回來了。媛媛笑著。

彷彿方才親切的不是，生氣的也不是。害怕的那個更不是。

唯有這個麻木的瑪菲司，才是自己的媽媽。

● ●

走廊，燈光昏暗。逆光。

陳漢銓獨自一人腳步緩慢走著，低頭越過黃色的封鎖線。沙。沙。沙。每走一步，封鎖線就像有人拉扯一樣微微飄動。到走廊一半，陳漢銓止步，回頭看往一旁的直播間。面無表情。

至辦公室門口，門虛掩。推開。
開燈，走至後方保險櫃，緩慢轉頭。再轉回，蹲下。
解鎖保險櫃，深呼吸了好一下，陳漢銓伸出手，打開保險櫃。
只見陳漢銓坐倒地上拚命後退，一臉驚恐。
保險櫃中，一個蛋形石子，上面纏著一圈紅布。
石子正中央，好像張開了嘴，嘴內有一排一排的牙齒，血紅且發出腥臭味。
陳漢銓此時心裡明白，老趙是怎麼死的了。
真的是這個。

●●

好像有什麼值得開心的事一樣。
瑪菲司端著碗於阿序門外立定，露出微笑。
媛媛站在自己的房間內，門微微打開偷看。

緩緩轉過頭，瑪菲司笑著看向媛媛，嚇得媛媛趕緊關上房門。

叩，叩，叩。從度假村歸來之後，瑪菲司便習慣一直穿著高跟鞋。

叩叩叩。

媛媛躲在房門後，手裡緊抓著布娃娃，無助地抬頭。

阿序房門打開，瑪菲司停下抓著門把的手，微笑轉頭。

瑪菲司笑了，轉身走向廚房。

「吃飯了，叫你妹妹出來。」

眼前的景象讓阿序心裡直打鼓。

生的白米、沒剝皮的大蒜、蛋殼、生雞蛋、幾塊生肉以及爛菜根。看著面前的食物，阿序一陣反胃。將媛媛身前的碗也推開之後，阿序對著她搖頭。

「不要吃。」阿序說。

水壺嘶鳴，水沸騰之後的聲音持續了好一會兒，阿序察覺異狀，趕緊走進廚房，瑪菲司正在瓦斯爐前發楞。將瓦斯關閉之後，瑪菲司端起水果盤，手裡卻滿是鮮血，盤子上，水果上，衣服上。

「好吃嗎？好吃多吃點。叫你妹妹不要挑食。」

阿序趕緊攙扶著瑪菲司到客廳，拿出醫藥箱。這一切都亂了，不知道為什麼會這樣。阿序一邊擦藥，一邊偷偷看著瑪菲司。最近的媽媽……

生病了。

●●

「我真的覺得你應該要去收驚。」

天仁將碗端給阿序，套房內傳來陣陣黑膠唱片的爵士樂。

趁著叔叔回家之後，阿序趕緊跑到天仁的套房裡。餓了一天，正吃著泡麵。

「你看這個。」

阿序吃著麵，一邊看著天仁的手機，差點沒把麵噴出來。

「你不是說要刪掉！」阿序怒道。

「刪掉？陳靖序，這已經破十萬了耶。」

阿序一把將趙哥的影片關掉。

「十萬！破二十萬的話，我就把你媽那一整桌菜吃掉。」

天仁說完，雙手合十，閉眼看天：「沒有，我亂講的，神明不要在意。」

「底下網友都留言說啊，想跟我們一起去探險。你覺得怎麼樣？」

「去哪裡探險？」

「你媽上次不是去那裡回來才怪怪的嗎？」

黑膠唱片不知為何停了，天仁轉過身，一邊調整，一邊說道。

「度假村？」阿序問。

「對啊！弄個……探險直播，你看怎麼樣？」

天仁搶過阿序泡麵，喝了一口湯。阿序看著天仁身後，微微發楞。

「幹麼……」天仁放下碗，慢慢轉回頭去。

「沒人。」阿序說。

「廢話，你有病啊！我這裡是事故物件捏，你知道嗎？凶宅！」

「這裡最大的事故就是你啦，神經病租這地方。省冷氣喔。」

「新台幣的力量，一個月兩千，才兩千耶！」

阿序端起泡麵，想了一下，問道：「探險直播……要準備什麼？」

天仁眼睛一亮：「東西我來弄，你負責出錢。」

「要什麼錢？」

「訂房間、攝影機，什麼不要錢？我住凶宅的人拿得出來嗎？」

天仁身後的連身鏡，照著兩人坐著的椅子。角落，是天仁的布質衣櫃。衣櫃是拉鍊式的，上頭拉開了一小段。一個黑色的影子在那裡，看不清是天仁擺的帽子，或者是一顆人頭。

沒有人知道。

（四）你們自己走來了

以下影片為警方從天仁手機中發現。本列為檢方調查證據，於二〇二三年被公開於網路社群，造成輿論翻騰。警方呼籲，請民眾勿轉傳勿以訛傳訛，並全力偵辦證據流出之原因。

••

第一部影片。

Jennie 捲髮，身穿深色合身長袖上衣。

天仁的聲音響起：「請先自我介紹。」

「我是 Jennie Lo，羅靜瑜，很高興能參與這次的行動。之前的影片，我認為屬於不正常的事件，但影片帶給我的躁動，在我禱告之後就平靜了。從小我就時常有特別的感應，受洗之後，遇到這些感應，我就會呼喚主，通常都會得到幫助。目前在補習班教數學，我覺得如果參加這個活動，我的邏輯能力可以幫助大家找到線索。」

鏡頭前，看起來樂觀開朗，隨著說話有著相當活潑的肢體動作。

影片結束前，Jennie 轉頭，看向旁邊的穿衣鏡。

隨後將手放在胸前開始禱告，錄影結束。

●●

第二部影片。

Eric Chou 穿著貼身白色襯衫，米色休閒褲，皮鞋。

「你好，我是周柏諭，網路上名稱是 Eric 周。」

Eric Chou 有些緊張，不停深呼吸且左顧右盼。

「我是一個檢測工程師，平常喜歡看一些怪談、日本心靈寫真。心靈寫真就是靈異照片的意思。」

Eric Chou 吞了一下口水：「我想試著挑戰自己，畢竟我也三十五歲了，沒交過女朋友，也沒什麼特殊的經歷，如果可以藉著這個機會，讓更多人認識我，知道我是個很不錯的男人，負責任，有存款。」

天仁說道：「抱歉，這裡不是交友頻道。」

Eric Chou 繼續：「希望三十歲以下，身高不低於一百五十五公分的……」

影片結束。

●●

第三部影片。

愛飛翔一頭紅髮，身穿黑色緊身上衣，緊身直筒鬼洗牛仔褲，露出七分袖只有割線的刺青。嘴巴呸一下呸一下，似乎在吐檳榔渣。

一樣是天仁的聲音：「那個……先把菸熄掉。」

愛飛翔將菸扔在旁邊的紙杯裡。

「那個，我要說臉書上的名字喔？」

「對，這樣才能證明報名的公平。」阿序的聲音。

「很丟臉捏。我是愛飛翔啦，大家都叫我阿翔。平常時候都在宮仔跳陣頭，偶爾會有點感應啦，就是起乩啦。我信帝君，如果是那個奇奇怪怪的吼，有帝君在啦，沒有問題。有問題找我愛飛翔啦，絕對帶你安全帶你飛啦。」

愛飛翔起身，做出跳陣頭的動作，手上的佛珠飛出。錄影結束。

●●

第四部影片。

林巧珍，中短髮，穿著緊身Legging，運動上衣，球鞋。

「我是，林巧珍。巧合的巧，珍貴的珍。」

左右看看，林巧珍看起來非常緊張，呼吸急促。

「我不去了。」

林巧珍直接離開畫面。

●●

第五部影片。

黃莉雅穿著稍性感，染髮，口紅鮮豔。聲音甜美。

「你們這個有付錢嗎？」她說道。

「付錢？付給誰？」天仁的聲音響起。

「付給我啊？沒有什麼出場費，還是通告費嗎？」

「這個……目前是沒有。要不要先自我介紹一下？」

「大家好我是黃莉雅，L、y、a，現在是個直播主，我的平台是……」

「那個，先介紹自己就好，直播的部分先不要。」

「我今年二十一歲，平常喜歡看電影、聽音樂，討厭運動流汗。」

「為什麼會想報名我們這個活動？」

「探險啊，感覺很好玩。沒有出場費喔？那記得來我的直播間，我每天都有福利，只要送我寶石，或者禮物，我就會私人給……」

畫面終止。

第六部影片。

楊娟娟穿著白底黑色橫條紋上衣，綁著馬尾，笑容甜美。

「我是楊娟娟，嗯……我很想解開世界上的不可思議的事，我喜歡神祕，也喜歡找尋真相。我不怕鬼，鬼都是人變的，雖然我有過幾次奇怪的親身經驗，但我不怕。」

「能說說是什麼樣的經驗嗎？」

「我小時候曾經在市場走失，後來有一個很奇怪的女人牽著我的手要帶我找媽媽。我想把她的手甩掉，但是沒辦法，她抓很緊。我生氣大喊：『你不是我媽媽，不要牽著我』的時候，她回過頭來看著我。」

「就這樣嗎？確定不是誘拐兒童？」

「不是，她轉過來，沒有五官，臉像張白紙。而且那個時候，很吵的菜市場突然很安靜，好像大家都不說話了一樣。」

哇靠。

鏡頭外傳來阿序與天仁的聲音。

「後來呢？」阿序說道。

「後來我就跑掉啦，什麼事情也沒有。不過後來，我阿嬤給了我一個護身符，我就再也沒有遇到過了。」

楊娟娟將護身符從上衣領口掏出來。錄影結束。

●●

「那台車……」駕駛座的天仁說。

「那台車是不是，剛才也有經過？」

愛飛翔拍打菸盒，不屑地說道：「是誰吃飽太閒喔。」

「車上不要抽菸啦！」Jennie 大聲地。

「管很多捏！」

最終前往度假村再次探險的，除了天仁、阿序之外，選中的是Jennie、愛飛翔與楊娟娟。天仁負責開著自己的老爺車，愛飛翔坐在前座。

一上車之後，楊娟娟便一直不安。

愛飛翔大概是最灑脫的一個，但也最跟大家格格不入。

「幹。」愛飛翔大罵，手遊輸了。

「笑死，你到底會不會玩啦！」Jennie 湊上前。

「靠北，你比較厲害？」愛飛翔不耐地。

「你不要這樣打，就不會輸啦。」

「幹，你麻將老師喔！」愛飛翔瞪著 Jennie。

「我數學老師啦。Sin，cos，怎麼樣？」

這一邊歡樂拌嘴，那一邊卻沉默。楊娟娟拿著護身符唸唸有詞，天仁對於剛才好像一直經過的車子相當在意。

「連續幾天都是風和日麗的好天氣，想外出踏青的民眾，要把握這幾天的時間。接下來一波鋒面，將會在……」

廣播的聲音稍微蓋過愛飛翔的遊戲聲，阿序對楊娟娟的狀況有點介意。

正準備開口關切時，天仁緊急煞車。

「靠北喔！」

愛飛翔手機飛出，撿起來後大罵。

隨即安靜了。一個阿伯騎著單車站在路正中央，看著車子裡。

「你停在路中喜咧衝蝦！」愛飛翔頭探出窗外。

「回去！」阿伯揮手趕人：「嘜擱來啊，回去。」

「這山路捏？當作你家的田喔！」愛飛翔操著台語大罵回去。

阿伯瞪著車子幾秒，搖搖頭，然後騎上單車離開。

這一番折騰，幾個人也開始冷靜了下來，原本那種遠足、聯誼的氣氛蕩然無存，唯獨天仁仍舊大剌剌的。

趁這個機會將車停到路邊，大家休息一會，也讓一直嚷嚷著要抽菸的愛飛翔喘口氣。愛飛翔點起菸，在車前看見一個奇怪的面具，便隨手拿起來。把玩一下子之後，往後一扔。

「欸你怎麼亂丟垃圾啦！萬一火燒山怎麼辦？」

一直盯著愛飛翔的 Jennie 大聲說。

愛飛翔正想回嘴，一陣巨大的機車轟鳴聲傳來。所有人的目光被吸引了，過了半天，卻沒有任何一台車出現。等到愛飛翔抽完菸，這趟旅程繼續。

上車之前，那陣很吵的轟鳴聲又來了。愛飛翔一臉不爽，打算不管是誰騎過來都要好好教訓一下，隨手到路旁撿起一塊石頭，一臉壞笑。

這一次，車子來了。一台看起來有年紀的老摩托車，暗暗的藍色，車前斜板相當復古，如果有人稍微理解機車，便會知道這是當年風靡一時的名流。

男子在前頭騎車，頭低低。

「好危險喔。」遠遠看到，Jennie 忍不住說道。

然而後面卻載著個長頭髮的女子。頭髮隨著風飄啊、飄啊。

越來越近了。愛飛翔手裡的石頭也準備好了。

「趕快上車。」楊娟娟捏著護身符大喊。

所有人不明所以，但見楊娟娟的樣子，也少了鬥嘴的氣氛。

阿序是最後一個上車的，手裡還拿著手機錄影。

那台車後座長頭髮的，女子或者男子，倒坐在機車上，也低著頭。經過天仁的車旁之後，突然間轉過來。那是阿序這輩子看過最大的嘴，直直裂到耳朵那樣。劇烈驚嚇之後，阿序趕忙上車，餘光瞥了一下，才發覺那後座的人根本沒看向自己，錯覺而已。

●●

一九八四年十月二十日，自強晚報。

十月十四日晚間，成雲建設公司內發生意外事件。警方調查，該辦公室內發生集體死亡事件，全案朝意外事件偵辦。據本報了解，此案或與邪教儀式有關。本報將持續追蹤相關訊息。

「是……我們要去的那裡嗎？」Jennie說。

還有這個。

二〇一八年五月十二日，工商晚報。

閒置超過三十年的知名爛尾樓「雲來別莊」開發案如今有了新的進展。當年轟動一時的高級住宅「雲來別莊」，在發生了施工意外以及成雲建設總部命案事件後閒置多年，日前由知名飯店儂萊集團標下，將改建為休閒度假村。預計將於二〇二二年完工。

將這段時間查找的訊息與夥伴分享後，幾人開始分頭將探險直播要用到的器材架設好。這次直播是有腳本的，為了得到流量，天仁確實做了很多功課，也耗費了相當大的工夫。一切都很順利，除了有點悶悶不樂的楊娟娟之外，其他人倒有點出門旅遊的味道在。包括阿序跟天仁。

「接下來，除了上廁所或者洗澡，不要把手機拿下來。」天仁交代。

「你室內可以不要抽菸嗎？」Jennie瞪著愛飛翔。

愛飛翔白眼，覺得這個女的怎麼一直找自己的麻煩。

「妳有完沒完啊！」

「我們的房間可不可以離他遠一點？我好討厭菸味。」Jennie央求。

天仁搖頭：「不行，房間是連在一起的。」

轉頭看向愛飛翔：「室內禁菸，拜託一下。」

「這裡又沒有寫室內禁菸，不然找那個管家過來問啊！」

說到管家，大家都不禁心裡發顫。剛抵達度假村時，管家便在門口迎接，一臉僵硬的、好似機器人一樣的假笑讓人渾身不舒服。

「各位貴賓。」才講到管家，他的聲音便突然從身後響起。

「晚餐將於七點供應，沒有時間限制。」

愛飛翔見狀，咬著菸問道：「這裡禁菸嗎？」

「整個度假村都是貴賓專有，不會有任何限制或者任何多餘的規定，請貴賓當作自己家一樣自在。唯獨611號房，請貴賓務必不要進入，那是有客人長期預訂的。晚餐結束之後，牟先生會在管家室，有任何需要可以按鈴或者電話通知牟先生，牟先生會以最快速度為貴賓服務。明日早餐為上午七點以後供應，謝謝各位貴賓。」

說完便直接離開，詭異極了。

愛飛翔一臉得意，拿起打火機就準備點上。天仁一把將菸抽走。

「室內就不要抽菸，配合一下。」

「洨洨屁屁一堆捏。」愛飛翔差點想掉頭就走。

一切整理妥當之後，天仁在大廳查看架設好的螢幕。待會是重頭戲，設備可千萬不能出問題。連線很順，畫面沒問題。嘗試用對講機與幾個夥伴對話，訊號也不錯。

阿序一個人在房間裡整理，說來好笑，當時瑪菲司要阿序配合裝上攝影機，他可是排斥得要命。如今自己別上了，還要親自探險。這探險能探出什麼不知道，媽媽的狀況有點糟，為了來這一趟，零用錢幾乎花完，不夠的只好假裝要繳補習費，跟叔叔拿。

走出房門，阿序卻一頭撞上娟娟。

「我找不到我的護身符，不知道是不是掉在車上……」

「別急別急，我陪你去找。」

走回車上，看著焦急的娟娟，阿序也有些急，心不在焉之下，差點把手裡的手機掉在地上。娟娟說，護身符是阿嬤給的，絕對不能弄丟。那麼自己呢？自己有沒有什麼絕對不能弄丟的東西呢？

「找到了。」一邊胡思亂想，終於在超亂的天仁車子前座的手煞車附近找到了。阿序說，可能是來的路上，緊急煞車的時候飛出去的。娟娟點頭，一臉安心對著阿序表明感謝。娟娟知道不對，但找回來了，也就沒什麼好說的了。整路娟娟心神不寧，護身符微微發燙，於是始終捏著。

至少在緊急煞車之後，還是在自己手上的。

兩人走回度假村大廳時，遠遠的，遠遠的。初夏，即便已經熱起來了，靠山邊的度假村夜晚還是帶著涼意。地面上有白天的熱氣喧騰向上的朦朧，遠遠的，遠遠的。

有一雙眼正看著他們。

那雙眼明白，時候到了。

耳朵裡還隱約聽見，老芋頭說著：

「那還魂啊，是絕對不能做的。」

絕對不能做的……

（五）那就帶點東西走

「我在這裡監視所有狀況，兩個人一組。」天仁說道，還對著阿序眨眼。

方才阿序娟娟兩個人一起外出的影像，可都在自己的掌握中。

「阿序跟楊娟娟在B棟，愛飛翔跟 Jennie 一組，每一組那邊的走廊都有攝影機。分開行動，如果有狀況……」

「我可以跟娟娟一組嗎？」Jennie 趕忙說道。

「不行，全部都安排好了。男生女生一組比較安全。」

「為什麼！女生也可以一組啊，我不要跟這個愛呷昏的一組。」

「什麼愛呷昏，我愛飛翔啦。」

Jennie 瞪著愛飛翔：「我愛上帝啦。」

「好啦好啦，女生一組，男生一組。」

••

「Jennie，娟娟，有聽到嗎？」

Jennie 對著走廊上的鏡頭揮手：「有！」

「阿序，愛飛翔，有聽到嗎？」

「有。」阿序說道。

「愛飛翔，不是跟你說不要抽菸？」天仁說。

「靠，這室外捏！」氣不過，愛飛翔憤而將菸扔在地上。

一邊說著，走進了A棟。

A棟便是當時阿序一家人來的時候住的區域，愛飛翔碎唸著，不是說什麼豪華度假村，怎麼感覺起來有點舊。阿序讓愛飛翔注意手上的攝影，不要一直講話。

話才說完，愛飛翔整個人一頓。

「什麼聲音？」愛飛翔轉頭看向阿序：「你有沒有聽到？」

「沒有啊。」阿序搖頭。

「好像有人在吃東西還是咬東西的聲音啊，沒聽到嗎？」愛飛翔說：「天仁，天仁！你有聽到嗎？」剛才還在對話的天仁，此時卻沒了回應。阿序猜想，或者這時天仁正在跟娟娟那一組說話。

愛飛翔越想越不對，狠勁一起，便往聲音的方向狂奔。

阿序一邊呼喊，一邊緊跟在後。罵罵咧咧的愛飛翔拚命地拍著門。砰，砰，砰。那個嘎啦聲還在，此時阿序也聽見了。正準備拉住有些瘋狂的愛飛翔時，整個A棟停電了。

另外一邊。B棟。

娟娟一手拿著手機架，另一隻手緊緊握著護身符，表面上看來雲淡風輕，實際上心裡是有些緊張的。與當時想來參與的興奮不同，這一段路開始，詭譎與離奇總是緊緊跟隨。希望是自己多心了才好。

Jennie特別開心，或者也是跟討人厭的愛飛翔不同組吧。嘴裡嘰哩呱啦，一下子到處摸摸看看，一下子唸起《聖經》。

「Jennie，娟娟，你們要走慢一點。看一下旁邊的房間，可以打開嗎？」

娟娟小心地伸出手一推。

「可以。」

「走進去看看。」

娟娟露出為難的表情，但一想到是自己主動報名的，也只好咬緊牙關。

走進去之前，Jennie覺得旁邊有點怪怪的，往門的一旁看。

「嘎啦、嘎啦、嘎啦。」

那是另外一邊A棟，愛飛翔也聽見的聲音。這聲音似乎有一種魔力，總會驅使人靠近。愛飛翔如此，Jennie 如此。別忘了，那時候的老趙也是。

Jennie 手機架旋轉一圈，什麼也沒發現。

「唰」。

一隻手伸出來，將 Jennie 手上的《聖經》拍落，紙頁散落一地。光線一暗，與A棟一樣失去照明。Jennie 大聲尖叫便往前拔腿狂奔。

大廳的天仁看到的卻完全是另外一個畫面。Jennie 一個人在房門口轉圈，無論天仁怎麼呼喊都沒有回應。原地轉圈，原地轉圈。

大廳並沒有異狀，一切明亮著，看見的螢幕也是。從螢幕裡看著不理會自己呼喚的 Jennie 正不斷原地轉圈，像個陀螺。而進入房間的娟娟，則面向房門頭不停地敲擊著門。

阿序則在失去電力之後，也失去了愛飛翔的蹤跡。這太奇怪了，阿序心想。就這麼一條走廊，怎麼可能一個好端端的人就不見了？剛才的嘎啦聲，愛飛翔臭計譙的聲音，一瞬間消失了。

拿出手電筒。

「天仁，你有看到愛飛翔嗎？」

毫無意外，所有人都成了孤島。事實上，天仁那裡也是。

阿序一邊問，一邊往前走，黑暗中前方突然亮起的光芒嚇了阿序一跳。這種情景下的人，無論膽大膽小，都會有些疑神疑鬼。那只是帶有酒精噴霧的額溫感知器，「嗶」了一聲，顯示為三十七度。

好靈敏啊明明還有好幾步才到。阿序心裡想著。往前走過，身後突然……

「嗶。」

阿序走回去看了一眼。負十七度。

「嗶。」

負二十三度。

故障吧，就是。機器故障很常見，阿序努力說服自己。

「阿序。」

「阿序。」

「阿序。」

那是瑪菲司的聲音。阿序一楞，怎麼可能！

前方光線微弱處，有個好像女生的背影，披頭散髮站著，雙手微微離開身側。好像下一秒就要飛起來一樣。阿序往前兩步，一開始以為是娟娟或者 Jennie，仔細一看又不太像。

「媽？」

阿序轉過頭，這個時候才察覺不對。剛才不是還在走廊？一旁的玻璃反射著自己，這裡絕對不是剛才那個地方。好像是……什麼器材室？

玻璃的反射，阿序看見了剛才那個女子。再轉回去時，那個女子身影消失。阿序往前快走，心裡明白剛才那個絕對不是媽媽的叫聲，那個人影更不可能是她。必須快走，必須快點離開。阿序告訴自己，趕緊從樓梯上去。

轉角，人影。

阿序聽見呼喊，手上的手電筒掉落在地。

楊娟娟站在前方。「娟娟？妳怎麼在這裡？」

「我不知道啊。」娟娟笑著：「剛剛停電，Jennie就一直往前跑，我在後面追，然後她就不見啦。」

「阿序。」

瑪菲司的聲音又傳來，阿序一回頭，身後空無一人。

再轉回來時，娟娟卻已經不見人影。阿序渾身發麻，只想趕快回大廳跟天仁會合，一邊還在不斷呼喚著天仁。

就這樣一直走，好像永遠走不回去一樣。

氣喘吁吁的阿序，低下頭，看見一顆籃球緩慢地滾向自己。環顧籃球場四周，一個人也沒有。

「阿序，你在哪裡？」天仁的聲音終於傳來。

「我不知道，籃球場？好像是籃球場。」

「這裡怎麼會有籃球場啦！」天仁說道。

又一顆籃球滾過來。

「你有看到人嗎？有人往我這邊丟球過來。」阿序問。

那一邊，天仁再次失去了回應。

拿著手機架，從左邊到右邊，右邊到左邊。

「為什麼會有……」話還沒說完，阿序便見到成堆的籃球，從四面八方向自己砸過來。阿序忍不住喊出聲。

睜開眼，地上一樣只有兩顆籃球。

●●

娟娟走進房間，門便「砰」地一聲關起來。

「Jennie？」

突然的停電讓娟娟整個人發毛，本來該跟著自己一起進來的 Jennie 也不見蹤影，娟娟正準備不管一切奪門而出。

「嘻嘻嘻嘻。」房裡傳來了聲音，乍聽之下，很像Jennie的笑聲。

或者她唸誦《聖經》的聲音。

「Jennie，是妳嗎？」

「娟娟，照一下房間。」天仁說。

房間是四人房，與其他的房間大同小異，有著濃濃的香味。一種說不出來什麼樣的香，好像食物，也像是燒焦的味道。

「娟娟，妳看一下那個毛玻璃，後面是不是有東西？」天仁的聲音傳來。

「我好怕……」

「娟娟，妳看一下那個毛玻璃，後面是不是有東西？」

「娟娟，妳看一下那個毛玻璃，後面是不是有東西？」

天仁的聲音機械式地重複著。娟娟聽著催促，只好往後面走去。透過像屏風一樣的毛玻璃，娟娟也看見了，後面好像有一個人。

「Jennie？」娟娟說：「妳在後面幹麼？」

閉著眼，娟娟走了過去。好不容易睜開眼，後面卻一個人也沒有。

頭皮發麻。

「天仁，我可不可以回去了？」

「好啊。」一個聲音從自己身後傳來。

娟娟一楞。

突然，一隻手悄悄摸上她的臉。

蒼白，而且帶著血絲的手。娟娟大聲尖叫，往房門外跑去。

大廳好像消失在這裡了一樣。這一個時間裡，除了天仁以外的所有人都是這麼想的。娟娟一路跑，慌不擇路之下，眼前只有一道往下的樓梯。剛才的樓梯不見了。這時得做選擇了，回頭，是剛才的房間。房門外只有這一道樓梯。往下，不知道是哪裡。

那隻手摸在臉上的觸感還很清晰，娟娟決定往下走。

嘩啦，嘩啦。

一陣涼涼的水氣撲面而來，壓抑不住紊亂的呼吸的娟娟，發現眼前是游泳池。剛到度假村看介紹的時候有注意到，甚至還跟 Jennie 開玩笑，等探險直播結束，兩個人偷偷跑來游泳。不斷搜尋記憶，隱約記得游泳池另外一邊樓梯往上就是度假村的大門，只要走到那裡，娟娟保證自己肯定可以找到回大廳的路。

一個人走在空無一人的泳池，明明沒人，卻總覺得水裡有人注視著自己。那是一種很難形容的感覺，好像有人正在划水。嘩啦嘩啦的。

因為害怕而躬著身體往前，那是一種畏懼時候的保護機制。娟娟往前走，正在下定決心是否要不管不顧直接拔腿往前面的樓梯奔去時，那划水聲越來越明顯，好像跟著自己。

那種被注視的感覺也更加強烈。

「阿娟吶……」

這是阿嬤的聲音。阿嬤已經過世很久了，為什麼？

娟娟心裡害怕，腳步卻忍不住往池邊走去。

「阿娟吶……」

娟娟低下頭，看著池水。

池水是自己的倒影，正對著自己笑。娟娟鬆了一口氣。

這時候還帶著微笑，果然是無敵楊娟娟。還沒自嘲完，水裡的自己突然撲出來，將自己抓下去。

水裡沒有聲音。

穿著牛仔吊帶褲的娟娟，吃水極重，雖然會游泳，無論如何卻無法浮起來。水嗆進了鼻子，嗆進了呼吸道以及肺。好難受啊，我是不是要死掉了？

娟娟想著，睜開眼。

蹲在池子邊的楊娟娟，全身忍不住發抖。

好像剛才落水的寒冷還在。

但一切都沒有發生。

●●

「繼續往前。」天仁說。

Jennie 眼角含淚，想拒絕天仁的要求。

「繼續往前。」天仁說。

Jennie 緊捏著手裡最後剩下的一頁《聖經》，一邊禱告著，一邊告訴自己，有主保佑，不會有事。

「凡勞苦擔重擔的人可以到我這裡來，我就使你們得到安息。我心裡柔和謙卑，來了，來了。你們都，死吧。」

Jennie 再仔細看了一下手裡的《聖經》，驚呼一聲，將其扔掉。

「繼續往前。嘻嘻，你們都……嘻嘻嘻嘻，繼續往前。」

Jennie 決定不理會了，往回走想走回大廳。走了幾步，一旁的房門卻突然打開，一個影子探出身子。Jennie 轉過去，看見一個人影縮回房內，房門重重地關了起來。

Jennie 整個人發毛，趕緊往回走。

「Jennie，進去那個房間看看。」

前方那個房間，門微微開著。Jennie 站在房門口，用嘴巴重重呼吸幾下。

「這間好像是那個管家說的那間611？不是不能進去嗎？」

「進去看看。」天仁說。

緩緩推開房門，整整齊齊的房間，棉被、枕頭都沒人使用過的痕跡。隨著手電筒的光線，所有的東西都呈現詭異的顏色。這房間是樓中樓，房間正中間有一道迴旋樓梯。

「我可以出去了嗎？我覺得好恐怖，娟娟又不知道跑去……」

話還沒說完，樓上傳來電話鈴聲。Jennie 急得都快哭出來了。

「天仁，你有聽到嗎？」

「什麼？妳……」天仁斷斷續續的聲音傳來：「在，妳，邊上……」

「電話！是不是管家發現我們闖進來這間房間？」

等了許久，再沒聽見天仁的回應。就在 Jennie 決定走出房門時，電話鈴聲停了。

「Jennie，上去拍一下。」

「不要！」

「上去拍一下。」

「上去拍一下。」

「上去拍一下。」

Jennie 鼓起勇氣，慢慢往樓梯走。樓梯蜿蜒向上，也就是說，一眼是看不見樓梯盡頭。Jennie 一邊禱告，一邊想著會不會到了最上面，有什麼在等著自己。越想越害怕，突然感覺有人摸著自己的臉，她忍不住尖叫了起來。

定睛一看，原來是樓上掛滿了白色的布幔。

「上面寫什麼？」天仁說。

手電筒移過去，Jennie 仔細地看著。

「我不會唸這個字，什麼哈啦，什麼殺的。」

手電筒掃著，每一個字像活過來了，又像早就死在那裡。有些字似乎墨跡未乾，流淌著字的尾巴，仔細看，還以為那些字可以發出「滴答、滴答」的水滴聲。電話鈴聲又響了，Jennie 渾身發抖，聽著另外一頭天仁不斷催促著，接起來，接起來，接起來，接起來。

「喂。」

Jennie 鼓起勇氣，將電話接起。

「喂？」

嘎啦、嘎啦、嘎啦、嘎啦、嘎啦、嘎啦、嘎啦、嘎啦、嘎啦、嘎啦。嘎啦、嘎啦、嘎啦、嘎啦、嘎啦、嘎啦、嘎啦、嘎啦、嘎啦、嘎啦。嘎啦、嘎啦、嘎啦、嘎啦、嘎啦、嘎啦、嘎啦、嘎啦、嘎啦、嘎啦。嘎啦、嘎啦、嘎啦、嘎啦、嘎啦、嘎啦、嘎啦、嘎啦、嘎啦、嘎啦。

「Jennie？」天仁的聲音響起。

Jennie 拿手電筒往下面照了一下，隨即用力甩開電話，渾身發抖卻不敢加快腳步。

一步一步往下，這樓梯怎麼這麼長。

「我要回去。」Jennie 說。

「這個電話……沒有插線。」

布幔拍打在 Jennie 臉上，好像有風。好像整個房間都是人，那種到處都是呼吸聲的感覺讓人頭皮發麻。手電筒掃過，Jennie 對著天仁說：

「是阮哞哈啦，啊當嘎殺。我看到了。」

終於走到房門，Jennie 推開，下意識地回頭再看一眼。

原本一樓是沒有白色布幔的。

一條白布在自己眼前，Jennie 將手電筒移過去。

「不、是、說、不、要、進、來！」

●●

那些下指令的聲音究竟是誰的？

整個度假村，彷彿只有大廳這邊有光線。也就是說，天仁從頭到尾都沒發現自己的小夥伴們正面臨著什麼。

電腦螢幕中，想打開門的愛飛翔突然對著門靜止不動。

螢幕放大，愛飛翔伸出雙手在鏡頭前。鏡頭晃動，出現愛飛翔慘叫。

天仁點向左方分割螢幕，Jennie 在其中一個房間內，像被操縱的木偶一般繞著圈走。

不斷呼叫兩人，卻得不到任何回應。

天仁點向右下方螢幕，楊娟娟正準備走進房間。

點擊右上方螢幕，一隻看起來應該是阿序的手在酒精噴霧前，一次又一次伸出手，酒精噴霧器一次又一次噴灑。

「阿序！楊娟娟？Jennie？愛飛翔？有人聽到嗎？」

不停切換著其他分割畫面，所有人都沒有回應，讓膽子大到敢住凶宅的天仁都有點頭皮發麻。

「不對啊，怎麼會多一個？」

點開小畫面，鏡頭對著大廳中央的桌子。是天仁看著螢幕的即時畫面，天仁從椅子上起身彎腰看著螢幕將其切換為主畫面，發現確實是在餐廳的自己。畫面中的天仁也起身，彎下腰查看螢幕。

但回過頭沒有人。

那裡有架攝影機嗎？天仁有些糊塗了。

天仁不知道的是，當他回過頭時，螢幕裡的自己並沒有回頭。

再轉回來時，畫面中的鏡頭突然出現一張沒見過的臉，張大了嘴，緊緊貼著鏡頭，因為太過靠近有些失焦，但還是一眼可以見到，那張嘴裡都是牙齒，滿滿的牙齒。

天仁驚嚇後退，椅子倒地。就這麼一分神的空檔，再轉回去，鏡頭又變成自己狼狽不堪地杵在那裡。此時跳電了。跳電的瞬間傳來很大的轟鳴，像雷聲，也像巨石崩落。

電腦螢幕晚了一點才消失，消失之前，隱約有看見愛飛翔的臉。

太快了，看不清。

「貴賓晚安。」

天仁嚇了一跳，轉過身，管家拿著手電筒。

「因為電系故障，我立刻去排除。」

「謝謝，請快點去。」天仁顫抖著說。

天仁打開手電筒，拿起ＤＶ起身準備衝往阿序方向，此時對講機傳來所有人的嘈雜聲。

（六）那個人來了

所有人回到大廳之後一團亂。怎麼跑不見了？我在那裡看到妳。我剛剛掉進泳池裡，但突然發現又沒有……我被一堆籃球打了。天仁，你幹麼要我進去那個611啦。

直到終於安靜下來，才發現少了一個。

天仁強調，剛才直播過程，通訊一直都是斷掉的。

那些話，不是他說的。

這句話一說完，阿序馬上不爽。

「那就是你的聲音，你唬誰啊！」

天仁收起一向的隨意，也不反嗆回去。到這個時候，大家才察覺不對勁。

轟地一聲，電終於來了。重新開機搞了好一下，大家才在螢幕中看見愛飛翔的身影。

「快點過去！」
畫面中，愛飛翔躺倒在地。

‧‧

愛飛翔不停拍著門，那是停電前的事。
門內發出「喀喀喀」的聲音，這種假鬼假怪的事，自恃有帝君保佑的愛飛翔可不吃這套。拍著門叫囂，過了好一會兒，好像沒有聲音了。
「你看吧，這種人就是怕壞人。」愛飛翔笑著，轉過頭。
「阿序？」
一個人都沒有。手電筒照過去，走廊沒人，本來只是一條長廊，此時旁邊卻開著一扇又一扇的門，就像是……廁所，或者淋浴間。突然間愛飛翔才察覺為什麼要開手電筒才能看到。
「靠北，停電了喔。」也真後知後覺的。
發覺身旁一個人都沒有之後，一邊呼叫著天仁，一邊開始有些後怕。

這三小，怎麼突然變成這樣？

想不透就不想了，愛飛翔摸著口袋，掏出菸。

準備點起來的時候，眼角瞥見有個人在走廊前端。愛飛翔往前走。

「阿序？在那邊幹麼，過來啊。」愛飛翔說道。

「快點啦，裡面那個被我嚇到了，我們把他抓出來。」

阿序？

走到一半，身後的所有門乒乒乓乓地打開。

「幹！」愛飛翔嚇了一跳，回過頭。

剛才自己站的地方，那個人好眼熟。紅色的頭髮黑色緊身褲，叼著菸。

鏡子？怎麼會看這麼清楚？愛飛翔瞇著眼。

那個人開始跑。

往自己的方向跑。

腳軟了，超靠北的，愛飛翔心裡想。

轉過身想跑，突然一切又安靜了下來。愛飛翔深呼吸，鼓起勇氣轉過身。

一個人都沒有。幹你娘，這裡他媽的真的有鬼，這輩子值得了。回去一定要跟宮裡那些白痴說，看他們敢不敢來。

「靠夭喔。」

現在才發現旁邊有鏡子，鏡子前是洗手台。這裡果然是淋浴間。

仔細看著鏡子裡的自己，愛飛翔摸摸自己的臉。

鼻子，臉皮，有點刺刺的鬍渣。

鏡子裡的自己動也不動。

臉上戴著一個奇怪的、有點眼熟的面具。

想不起來在哪裡看過的，那張麻黃色的面具。是在來的路上嗎？

鏡子裡的自己將面具扯下來。

愛飛翔退後，退後。

那個人從鏡子裡出來了，那不是我，愛飛翔確信，那不是自己。

那不是我，絕對不是我，要幹麼，幹你娘怕你喔。

••

阿序、娟娟，所有人都來了，圍在愛飛翔身邊。

「愛飛翔，你怎麼了？」Jennie 擔憂地。

本來還想耍帥一下，卻發覺自己渾身無力。

愛飛翔虛弱地說道：「我看見了自己。」

「哪裡？」其他人幾乎異口同聲。

愛飛翔手指著前方，所有人轉頭看去，是一面很寬的鏡子。

「很正常啊！」Jennie 說，鏡子不看到自己才奇怪吧。

大家轉回頭，正想問愛飛翔。愛飛翔卻消失了。

阿序小聲地：「人呢？」

天仁搖頭。Jennie 開始禱告，娟娟拿著護身符發抖。

「那……那邊。」

走廊盡頭，愛飛翔戴著奇怪的面具，拔腿往這邊衝。

一聲尖叫，不知道誰先開始的，大家逃命似地狂衝。

「等一下！」

天仁停下腳步，阿序一頭撞上去。

「我們跑什麼？」

慢慢走回去，愛飛翔還躺在原本的地方。

••

拍門聲傳來的時候，大家都知道可能是管家，但沒有人敢去開門。費了好大力氣才將昏死過去的愛飛翔扛回房間，兩個男生都要沒氣了。在此之前真不知道人一旦沒有知覺之後會這麼沉，好重好重。

Jennie 推了一下天仁，催促他去開門。

微微透光的門板上，一個手的印子一直拍打。天仁鼓起勇氣，開門，然後往後退一步。沒有人拿著電鋸衝進來，也沒有人戴著面具說：「I wanna play a game.」走出門外左右看了看，空無一人的走廊有種讓人渾身不舒服的感覺。

「我們走了，好不好？」Jennie 近乎哀求。

「走？」天仁瞪大了眼：「好不容易流量衝上來了，現在要走？」

阿序推了推天仁：「都這個樣子了，再不走，可能會出事吧。你看他。」

大家看往躺在床上沒有動靜的愛飛翔。娟娟說，走吧，愛飛翔要先去醫院，這裡太奇怪了，我們搞不定，真的，快走吧。我的護身符好燙好燙。

「好啦，走就走。回去收拾東西，十分鐘後大廳集合。」

天仁看著手機，直到目前為止，直播人數還在攀升。

那是什麼！

這有點假吧？棄追。

這要怎麼參加，爽耶

繼續啊，不要停。

我覺得他們都要死了。

太假了，看不下去。

哇，這也太刺激了。

我猜全部領便當。

全部死光光我家巷口發雞排。

大家留點口德，積點陰德，否則就會積積陰陰德。

「唉。」天仁嘆氣。

車子發動，愛飛翔在後座還昏迷著。導航設好距離這裡最近的醫院。

「少年仔。」一張臉靠近副駕駛座。

「阿伯，你幹麼！」Jennie 距離太近，整個人差點從椅子上跳起來。

「少年仔，現在還不可以走。」阿伯說道：「現在若是離開……」

他指著愛飛翔：「他會死。」

「不相信？」老師仔看向後座的阿序：「想想你老母。」

••

幾人在餐桌上坐定。

老師仔獨自坐在餐桌一角，微微低頭吊著眼睛從左至右掃了一次所有人。

「這個肖年仔失魂嘍，你們不相信嘛沒法度。現在若走，絕對救不回來。」

「老師仔，那現在要怎麼辦？」阿序問道。

「阿伯，你有沒有辦法救他？」娟娟問。

Jennie 是信奉主的，此時也亂了方寸，只得一直唸誦著《聖經》的內容。

「這情況特殊。我也沒辦法插手。」老師仔閉上眼睛，做出聆聽的樣子。

「等到天光，天光才能走，若無安捏……」

你們都會死。老師仔說。

「不只伊一個，你們都會出代誌。」

話才說完，本來坐在椅子上頭後仰的愛飛翔，睜開眼，發狂似的掙扎起身，張牙舞爪，衝向坐在他對面的老師仔。一旁的天仁與阿序努力抓住他，Jennie不停禱告，娟娟抓緊護身符。

老師仔手裡抓著扇子，在空中比畫了一下，對著愛飛翔一點。

愛飛翔消停了。

「現在相信否？」老師仔說道。

天仁咕噥著：「這也太剛好了吧？」

阿序拉了拉天仁：「不要亂講，先看狀況再說。」

大廳旁的塑膠門簾開始晃動，出現砰砰砰的拍打聲。

前方玻璃出現了無數的人影，也正拍打著門，如同亟欲進來這裡避難的動物一樣狂躁。幾個人到如今早已筋疲力盡，不是被嚇到麻木，而是眼前的老師仔好像有點本事，雖然害怕，卻也一起看向老師仔。

老師仔站起身，大聲唸著什麼經文，拍打聲漸漸變小，那些人影還站在玻璃外。然而餐廳這裡是五樓，玻璃外什麼都沒有。那這些影子……是怎麼站在那裡的？想到這裡，阿序覺得自己全身上下都彷彿被蟲爬過一樣難受。

就在此時，愛飛翔又狂躁了起來。老師仔扇子比劃半天，一直到阿序與天仁都要抓不住了，愛飛翔還是掙扎著想往前撲。嘴角滲出血，眼珠紅通通就像眼球下一秒鐘要爆炸一樣。跟頭髮顏色倒是很搭。

「不也世尊何以故斯陀含名一往來而實無往來是名斯陀含……」

老師仔唸完最後一句，拍打聲停下，愛飛翔還在嘶吼。

就要拉不住了，阿序心裡想。楊娟娟想衝上前去幫忙。

「莫去！」老師仔大吼。

本也想去幫忙的 Jennie 嚇得跌回椅子上。

老師仔向前一步，一腳跨上桌子，大喊著。

「阮哞哈啦，啊當嘎殺。」

「阮哞哈啦，啊當嘎殺。」

「阮哞哈啦，啊當嘎殺。」

「阮哞哈啦，啊當嘎殺。」

恁們作夥喊！

阮哞哈啦

啊當嘎殺

阮哞哈啦

啊當嘎殺

「接下來要迎接一波鋒面，希望大家都能順利度過嘍？如果無法度過，可能就會出問題。保暖的衣服先不要收起來，可以當作壽衣。接下來是一週的天氣預報。」

廣播的聲音在車上有些寂寥。相對於來時的打打鬧鬧，一下抽菸一下數學老師，回程安靜得有些難受。Jennie 一直轉頭穿過中間的阿序看著愛飛翔。

「他到底有沒有事？」Jennie 帶著哭腔。

「那個老師仔說，天亮了再走，就沒事了。應該吧。」阿序說。

「那個老師仔，什麼時候走的？」天仁微微轉頭問道。

「超誇張，他要我們唸那個什麼，然後回過神，他就……」

Jennie 激動地說著。

阮咩哈啦，啊當嘎殺。

對。Jennie 說。

阮哞哈啦，啊當嘎殺。

「那個老師仔說，遇到問題就唸這幾個字。」阿序說道。

「這算咒語嗎？」天仁問道。

娟娟沉默了片刻，說道：「怪怪的。」

「哪裡怪怪的？」Jennie 問。

「不知道，我就是覺得怪怪的。」

●●

「天仁，你有看到人嗎？有人往我這邊丟球過來。」

阿序坐在書桌前，看著電腦內的影片。這些檔案阿序已經看了幾次，始終覺得有些地方怪怪的。

一個影子出現在螢幕上。

「阿序。」肩膀被拍了一下。

阿序驚嚇轉過頭，瑪菲司嘴唇乾裂，看著阿序。

「餓不餓？」瑪菲司笑著。

阿序搖頭，將電腦螢幕關掉。

「我餓了。」瑪菲司說。

「叫叔叔回來順便……」

「我餓了。」笑。

「陳靖序！開門！陳靖序！」

阿序轉頭看向房門。門外是媽媽的聲音。但媽媽在這裡。

瑪菲司還對著阿序笑，笑啊笑。

房門突然打開。歪牙牙……

媛媛站在門外，好似不願意進來一般。

「陳靖序有人找你趕快出來。」

媛媛一個字一個字唸著，像課文，像唸經。

天仁拿出手機，遞給阿序。

阿序搓著自己的額頭，還沒從剛才的奇怪狀況中脫離。為何門外有媽媽的聲音？又為何媽媽會那樣看著自己？

阿序看了手機中的照片，疑惑道：「看這個幹麼？」

「看最新的那張。」

照片放大，天仁躺在床上睡覺。從天仁套房門外較遠處，打開房門拍攝，隱約可看見開著的房門。

阿序無奈將手機交回去，天仁卻堅持：「看下一張。」

一樣是天仁睡覺照片，距離稍近。

「神經病，給我看你睡覺幹麼。」

「你還沒發現什麼嗎？」

這些照片，不是我拍的。天仁說。

我就一個人住，怎麼拍自己睡覺？早上起來突然發現手機多了這些。

「誰拍的？」

天仁搖頭，說起自己剛回來那天晚上的經歷。

自己從來就對那個老師仔有點懷疑，那句咒語也不唸，但是那天晚上……

「你知道嗎？我在房間聽到了。」天仁說。

「聽到什麼？」

「那句。」

阮哖哈啦，啊當嘎殺。

「你自己無意識地唸？」

「不，是在我耳朵旁邊，真的沒騙你，可惜我沒想到應該錄起來。」

「而且我覺得，好像有什麼跟著我回來了。」

那天晚上，躺在床上的天仁總覺得，窗外有好多人站著。

影影幢幢。

「你剛才說，你媽那個樣子，會不會是你聽錯？」天仁問。

阿序搖頭，腦中一團亂。這一些到底怎麼來的？為什麼會這樣？

「我也問了其他幾個人。」天仁說。

「他們怎麼樣？」阿序問。

天仁將棒棒糖放下，黑膠唱片播放器最近有點問題，聲音總是怪怪的。瞄了一眼，天仁還是決定先把黑膠弄好，一邊說道：

「Jennie 一直覺得有人跟著她，跟我說了一堆我也沒聽清楚，好像是被嚇壞了。娟娟倒是還可以，聽說是睡不好，一直覺得自己掉到水裡。你說那天她覺得自己掉到泳池裡面，是真的，假的？」

「全身都沒有濕，假的吧？」阿序說：「愛飛翔呢？」

對啊，愛飛翔呢？

天仁說，回來到現在，一直聯絡不上。各種通訊軟體、電話、社群。

甚至依照當時的資料找去他上班的地方，也說曠職好多天了。

「有沒有去他混的那個宮廟問過？」

「你知道在哪裡嗎？」

「不知道。」

但那個老師仔有說，他的道觀就在度假村山下。

要不要我們去問問看？天仁這樣說。

「你不是不相信他？」

「現在不相信也只能相信了，你沒看到他讓愛飛翔好起來了？」

阿序將泡麵端給天仁，自己就開始吃了起來。

「還沒好吧！」天仁說。

「我喜歡吃硬的。」

阿序抬起頭，天仁的背後有落地鏡。此時黑膠似乎卡住了，發出難以言喻的奇怪聲音，「啊……咿咿。Rain……」阿序推了天仁，讓他去處理一下唱片。重新低下頭，碗裡的泡麵成了一堆蠕動的蟲子，一群一群，有些還爬到自己的手上。

「幹麼！超浪費，不吃給我吃啊。」天仁不爽地說。

低下頭，地下只是一地的麵，彎彎捲捲的麵。哪裡來的蟲。

●●

老師仔圍著長桌繞行，嘴裡喃喃唸著經文。

雙手不斷舞動，繞圈。道觀點起不少蠟燭，阿序與天仁有點不知所措地站在一旁。阿序眼睛總忍不住瞄向後面的櫃子，一個老舊款式洋娃娃。看起來好眼熟，跟媛媛那一個好像，但又不一樣。

「作夥唸！」

阮哖哈啦，啊當嘎殺。

阮哖哈啦，啊當嘎殺。

兩人唸得零零落落，老師仔似乎有些不滿。

一切停當之後，在矮桌前席地而坐，吩咐兩人也坐下。

老師仔坐著泡茶，隨意在茶杯內指頭搓揉，扔下一點東西，將茶杯遞給天仁與阿序。天仁嘴巴微張，吞了一口口水後，看著阿序。

「喝。」老師仔說。天仁看著阿序，阿序臉皺起來。

天仁深呼吸，一口將茶杯喝乾淨。

老師仔點起菸，瞇眼望著遠方。

「恁兩個，給你們教的經文，一定沒有好好啊唸。」

「那天回家以後，就開始發生奇怪的事，我有唸了，但是……」天仁說道。

「堵到問題才想唸，神明甘會幫忙？」老師仔說：「啊你咧？」

「我媽……我媽好像中邪了，而且，她在跟我講話的時候，房間外面也有她的聲音，我都搞不清楚到底發生什麼，哪一個才是……」

老師仔眼睛一亮。

「恁講你老母也是去彼邊，」手指著天空：「之後才開始出問題？」

手指上面，大概是指山上的度假村吧。

阿序點頭。老師仔重重嘆口氣，從壇上拿下一張照片。

照片中，年輕的老師仔與妻子，中間是女孩，綁辮子。

「恁有聽過，『咩哈打』某？」

兩人搖頭。

「上面那個所在，有『咩哈打』在，我看，你老母馬洗堵到啊。你有注意過你老母身軀邊，有沒有奇怪的物件？譬如講，頭髮、牙齒，或是神像？」

阿序有些慌張。

「很久之前，彼個所在欲起厝，出了點問題。彼個頭家找到我，想欲化解，為了那些錢，唉。」

老師仔看著照片：「尾仔，連我的某囡都賠進去。問題就在彼個所在。恁若有法度，找更多的人，人越多越好。」

彼個咩哈打，一定要處理掉。

老師仔看著照片，遞給天仁。

照片上的老師仔跟現在差別不多，甚至現在看來還要更年輕一些。旁邊有一個看起來很樸實的阿姨，兩人中間是一個小女孩，差不多跟媛媛那麼大。綁著雙馬尾，笑得很開心，手裡抓著一個娃娃。

阿序轉頭，看向後面櫃子上的那個布偶娃娃，很像，但確實不是。

因為眼前這一個娃娃的嘴上，封著一張黃色符咒。

（七）來了

瑪菲司的精神狀態越來越不好。

阿序蹲在瑪菲司身旁，將瑪菲司腳上的高跟鞋脫下。記緊老師仔的交代，阿序在瑪菲司耳邊輕聲唸著。

阮哖哈啦，啊當嘎殺。

瑪菲司面無表情，阿序小聲地唸著，接著告訴她，自己認識了一個很厲害的老師父，接下來阿序會負責讓一切好起來。瑪菲司面帶微笑，原本空洞的眼神，此時卻眼珠子骨碌骨碌亂轉，像有話要說，但說不出來那樣。

更衣室傳來喃喃細語聲，阿序停下動作，一臉狐疑地往那裡走去。

拉開更衣室的門，眼前的畫面讓阿序似乎看到了事情的全貌，全身顫抖卻僅僅摀著自己的嘴，不想發出聲音。

櫥櫃門開著，下方擺著一顆橢圓形的石頭。

陳漢銓正跪著，雙手合十不停拜著。

阿序轉身悄悄離開，離開之前，神像似乎稍微轉了一下，面朝著房門口，猶如目視著阿序離開的背影那樣。而專注祈禱跪拜的陳漢銓並沒有發現。

Jennie蹲在角落，捲髮散落，赤足，手指甲都是血跡。

身體前後搖晃，身邊是散落的《聖經》，喃喃唸著：「阮哞哈啦，啊當嘎殺。」

楊娟娟在身邊站立，手足無措，回頭看著天仁與阿序。

「她只跟我說有人一直跟著她，我趕過來，她就這樣了。」

Jennie緩緩抬頭，張開嘴。發出「喔喔喔」的有痰聲音。

嘴裡，一顆牙齒也沒有。

將Jennie放在床上後，天仁拍拍她：「Jennie？」

阿序將石頭神像放在櫃子上之後，轉過身來。

「你說查到那個老師仔說的咩哈打是什麼了？」

天仁離開床邊，從桌上拿了資料，一些遞給阿序，一些拿給娟娟。

「你們自己看。」

緬甸北部少數民族麻賴族，虔誠信奉阮哞哈，每日需唸誦祝福經文，並對阮哞哈跪拜祈禱……

「咩哈打」是麻賴族的罪人，因對阮哞哈不敬遭到天罰。

資料有些離奇，幾個人看完都沉默了。

娟娟開口問道：「你們說那個老師仔要再找更多人去那裡？」

阿序點頭，放下手上的資料。

「那麼多人去，會不會出事？」娟娟問。

「不會。我會先把那個神像送去老師仔那裡。」

轉頭看向這個從家裡偷拿出來的東西，阿序隱約覺得，這應該就是問題的癥結了。既然拿來了，那個老師仔應該能夠處理，一切就可以歸於正常。

「痲賴族，死了好多人啊……你們有人聯絡到愛飛翔嗎？」天仁問道。

楊娟娟搖頭。看了一眼神像，感覺就像神像正監視著自己一樣。

重重吐了一口氣後，拿出護身符。

「這個給你。」

阿序愕然：「這個？這麼重要的東西……」

「帶著吧，我得留下來照顧她。」娟娟轉頭看向 Jennie：「沒辦法跟你們再回去那裡，一切務必小心。」

●●

手機的遊戲音在走廊響著。聲音有點破碎，然後螢幕一暗，終於沒電。

肢體呈現扭曲，全身濕透。衣衫有些破爛，紅色的頭髮像被血浸染了一般耀眼。

就這樣無聲無息地沒了。

好像那麼久那麼久以前，在麻賴村的他們一樣。

這姿勢，也跟當年的潘子，好像啊。

●●

「找什麼？」阿序站在更衣室後，面無表情。

「阿序？」陳漢銓鬼祟地。

「你藏著那個鬼東西，到底要做什麼？」

「是你拿走的？阿序，你聽我說，那個東西真的不能拿走。阿序！」

「如果我沒發現，你還要搞多久？」阿序一臉憤恨。

「不是，叔叔跟你說，不是你想的那樣。」

阢哰哈啦，啊當嘎殺。

阿序對著陳漢銓唸著。

阢哰哈啦，啊當嘎殺。

「你、你說什麼？」陳漢銓瞪大了眼。

阢哰哈啦，啊當嘎殺。

阢哰哈啦，啊當嘎殺。

「阿序，聽我說。這個不能唸！不要唸！」

阿序推開他，頭也不回地離開了。陳漢銓急忙想追上，媛媛站在門口擋住陳漢銓：「爸爸，我這個給你，你不要生氣。」

媛媛將越發殘破的布偶舉高，遞給陳漢銓。陳漢銓一把抱起媛媛，看向門外，再看看媛媛。來不及了。

⁚

緊急煞車的聲音在夜裡刺耳。往老師仔道觀的路上，岔路處機車衝出，天仁反應不及差點撞上，低聲罵了一聲。

「馬的。」天仁啐罵。

「開慢點。」阿序說。

「乾脆不要煞車了，撞下去就好。」

天仁閉上眼睛深呼吸，然後車子繼續前行。

「這樣想是不是很可怕？我覺得快瘋了，真的快瘋了。」

阿序回答道：「正常，我偶爾也會想舔貓的屁股。」

天仁轉過頭，瞇著眼睛瞪著阿序：「你有舔嗎？」

「專心開車啦。」

「那就是有。」

後座，那個神像正盯著前面的兩個年輕人。

●●

老師仔瞪大雙眼看著神像，嘴唇微微顫抖。

「阢哰哈啦、啊當嘎殺。」

天仁與阿序低頭，雙手合十齊聲唸著。

道觀點了無數的蠟燭，光線搖曳。

突然光線有些暗下來，天仁停下唸誦，抬起頭。

「繼續唸！」老師仔大聲喊著。

阿序閉眼虔誠唸著，天仁眼睛左右亂飄，似乎在感受周圍的詭異。偷偷把手機擺在一旁，此時直播觀看人數正在節節攀升。

「阿序。」天仁小聲地：「阿序？」

阿序沒有回答，轉過頭只見阿序瞪大了眼睛。一雙慘白的手，從阿序脖子後方伸出，狀似要撕扯阿序臉頰。

天仁大驚失色，準備拉開那個不知道什麼的手。

燈光熄了。整個道觀陷入混沌，只有極其微弱的蠟燭光線。這些影子裡，天仁彷彿看到這裡到處都是人，這裡也是，那裡也是。甚至，自己的旁邊貼得緊緊的，就有一個影子。

靈魂都要出竅了，事情非但沒有好轉，反而更糟。這個神像真的那麼邪門，連老師仔都束手無策嗎？

老師仔咬牙，繞著桌子，嘴裡繼續唸著「阮哖哈啦，啊當嘎殺」。

阿序嘴角已流血，天仁倒在地上，大聲喊著：「阿序！阿序！阿序！」

道觀突然亮了。

門被推開，外頭的汽車頭燈將裡頭照得一清二楚，那些人影，那些讓人毛骨悚然的好像說好了一樣，一起轉身，消失無蹤。

「銓哥！」天仁彷彿看到救星。

陳漢銓快步衝到阿序身旁，抱著阿序往後退。氣喘吁吁看著阿序，也警戒著四周。阿序臉上的那雙手消失了，也才終於回過神來，看著陳漢銓。

「你怎麼？」阿序喘氣。

陳漢銓瞥了一眼桌上的神像：「走，快走。」

天仁起身，往兩人處走去：「銓哥，阿序，我們快點……」

陳漢銓推開阿序，天仁抓著阿序便往門外踉蹌跑去。

「你們快走，快點！」陳漢銓說。

一根，下一根，再下一根。蠟燭一根一根的熄滅，往陳漢銓的方向。

陳漢銓直視前方，如盯著心愛的東西一般。那是道觀門口的方向，阿序還掙扎著想回來，天仁死命將他往外拉。

慘白的手。抓住嘴。流血。自己扯自己的臉，流血。

陳漢銓的手緊緊抓著自己的臉。

阿序見狀整個人幾乎要瘋狂，但天仁仍死命地抓著他。

「你們快走，不要回來！」

稍遠處，老師仔還喃喃唸著。

阢哞哈啦，啊當嘎殺。

阢哞哈啦，啊當嘎殺。

阢哞哈……

蠟燭全滅了。

阿序整個人軟倒在地，天仁拿出手機，打開手電筒。

陳漢銓倒地側臉頰貼地，嘴角被撕爛，嘴巴前方，血液混著一堆牙齒，眼睛睜著，還看向門口的位置。

阿序坐在地上，努力想爬向陳漢銓處。

老師仔癱坐在地，一邊咳嗽吐血，一邊掙扎著繼續喊著阢哞哈啦。

看著眼前這一幕，他蒼老的臉龐不停顫抖，胸膛劇烈起伏。

「爸……」

最後這一刻，阿序喊道。躺在地上睜著眼的陳漢銓卻是再也聽不到了。眼緩緩閉上。

••

日頭正盛。瑪菲司一家站在陽光下，看著眼前照片裡的男子，是那麼開心地笑著。天仁在一旁，阿序牽著妹妹。瑪菲司的狀態太差了，自從趙哥過世之後整個公司也幾乎停止運轉，能幫忙陳漢銓後事的，也只剩下天仁。年輕小伙子什麼都不懂。

輪椅上的瑪菲司一臉呆滯，嘴角有些潰爛。

媛媛讓阿序牽著，離媽媽遠遠的。

「陳靖序，我爸爸也死掉了。」媛媛說。

阿序楞了一下，眼淚開始掉。阿序電腦上一直貼著一張便條，上頭蓋著印章，印章刻著「王靖序」。他始終沒忘記自己是王靖序。那張便條紙已經撕下來了，阿序很想對妹妹說：「我爸爸也死掉了。」但怎麼都說不出口。

只有陳漢銓推開阿序那時候的畫面縈繞著。

這個家在此時已經支離破碎，天仁在一旁木然站著，突然瞥見遠遠的，有一個熟悉的人影，一時滿肚子怒火燒上腦門。

幹！

天仁拉著阿序就往那個方向衝。

「你這個王八蛋！」天仁大吼。

阿序衝上前，緊緊攫住老師仔的領口。

「我嘛是人的老父，我的某囡……」老師仔說道：「我了解，我也很艱苦。」

「你王八蛋！根本沒用，不然漢銓哥也不會……」

「你為什麼，沒救我爸？」阿序放開老師仔。

「若不是伊撞進來，就不會發生這樣的代誌。」老師仔說道：「攏係命啦……美虎啊，美虎啊。」

「美虎？到底什麼美虎？」天仁生氣地。

「來啊。攏來啊。」

老師仔看著阿序與天仁的身後，喃喃自語。

深呼吸幾口，彷彿需要下什麼重大的決心一樣。

「你咁有想欲救恁老母？」老師仔問阿序：「暗時十二點之前，我在彼邊等恁。給它處理掉。」

老師仔收回視線：「東西帶著，嘜擱帶人來，恁兩個，逗陣來。」

●●

老師仔歪著頭，盯著桌面發楞。手裡的菸都快燒到自己手指也沒發覺。

道觀裡，他重重吐了一口氣，手裡捏著妻女的照片，手指用力到指節發白。發抖。桌子上擺著那個嘴巴貼著符咒的老舊娃娃，老師仔看了一眼又一眼。

「妹仔……」

「阿爸打拚這麼多年，就差一點點了。」

「妹仔，對不住，阿爸沒辦法帶妳回來……」

老師仔嚎啕大哭，抓著洋娃娃緊緊塞在胸口。

「是我做錯了，是我不對！」

伸出手，老師仔將娃娃嘴上的符咒，慢慢撕下。

同時，道觀內，牆壁一旁所有東西，成堆成堆的倒下。

砰。

砰砰砰。

砰砰砰砰砰。

●●

「您的電話將轉接到語音信箱。」

楊娟娟還是沒接電話。阿序告訴天仁。

後座，那個神像綁著安全帶。兩人先前激烈討論著是否要聽從那個老師仔的話，晚上再回去一次。天仁不願意，認為那個老師仔肯定是騙子。但阿序問天仁的話，讓天仁沉默了。

「如果有一點點的可能，可以救你媽，你願不願意嘗試看看？」

阿序放下手機，轉過頭，沉默看著神像。

「有幾個人報名？」阿序問道。

「超過一百個，還有人拍照說在路上了。實際上會有幾個，不知道。」

天仁說道：「老師仔最後不是叫我們不要……」

「人多一點比較安心，不怕那個老師仔……」阿序說道。

「不管了，我們先去娟娟那裡看一下。」

●●

風有些大。

頂樓天台上晾掛著忘了收的床單，隨著天台的風一下又一下拍打著夜色。

Jennie 獨自一個人走在這裡，不停地流淚。

一步往前，身體好像拚命往後，但腳還在往前。一步。

一步。

天台邊緣，Jennie 轉回頭，看著不遠處晾掛著床單。

嘴角潰爛，捲捲的頭髮上都是乾掉的血塊。

「主啊。」Jennie 在心裡默唸著：「我不要……」

一隻慘白的手，抓著捲髮的 Jennie 後頸，往頂樓天台邊緣。

嘎啦、嘎啦、嘎啦。

Jennie 消失於天台上。

● ●

阿序推開娟娟的房門，手機鈴聲戛然而止。

「娟娟？」

楊娟娟跪坐在地，面對著神桌。桌子上的牌位寫著「故 楊媽 阿罕夫人」。

天仁拉著阿序，看著旁邊。阿序看過去，一張電腦椅緩緩往兩人這邊滑過來，輪子滾動的聲音有點刺耳。

轉回頭去，娟娟跪倒的身姿逐漸癱軟，仰面朝上。

阿序往前一步，看了一眼。

跑。

轉頭就跑。

楊娟娟眼裡只剩下眼白，張開的嘴，一顆牙齒都沒有。

一些蒼蠅在嘴裡飛來飛去。

••

「幹你娘就是你！」

阿序將後座的神像往旁邊扔，然後低下頭，眼淚不停掉。天仁站在駕駛座旁，雙手拚命搓臉。

「早知道不要拿她的護身符……」阿序喃喃自語。

「不是你害的，好嗎！」天仁說：「你把那個丟了，老師仔那邊怎麼辦？」

「我不知道啦！先報警啦！」

「你覺得警察能處理嗎？」

天仁喘著氣，看著車子窗戶，眼神越來越不對，指著窗戶。

阿序見狀，回過頭。

後座，神像還在。

「你說，還要多久才會結束？」阿序近乎自言自語說道。

「當年麻賴村，死了多少人啊？」天仁答非所問。

阿序對著手機螢幕發呆。

「說話。」天仁說。

「今天晚上十二點，我們找了很多朋友跟我們一起過來，探險，解謎。」

「有人問我們為什麼先過來。」天仁說。

「因為我們要架設器材，先過來等大家。」阿序答道。

阿序回頭看了一眼，窗外，不遠。老師仔身著道袍，拿著扇子。

這是老師仔的第四壇。

剛抵達的時候，老師仔就在度假村門口等著了，滿頭大汗，穿著奇怪的道袍拿著扇子。將石像交給老師仔之後，他說，等等不管聽到什麼看到什麼，絕不能踏出房間一步。兩人遵照指示窩在房內，天仁告訴阿序，那些要來參加探險的網友，正陸陸續續抵達。接下來人會很多。不必害怕，這麼多人。

不必害怕。

天仁抓著手機，從房間窗戶往外拍攝。距離有些遠，手機放到最大有些不清晰。窗戶緊閉但窗簾正一下又一下地揮動，就像有人在窗簾後撥弄著。但天仁與阿序此時都不在意了。阿序拉開窗簾，玻璃不甚清楚的反射中，房間站滿了人。一個又一個，一個緊貼著一個，頭低低的兩手不自然地垂下並僵硬地微微向後，幾乎要往前衝的姿態。

「不要看。」阿序說道。

天仁僵硬地點頭。那些影子正蠢蠢欲動。

老師仔在鏡頭那裡，肢體擺動著。那是之前在道觀也沒看過的，兩人看得入神，隨著老師仔的動作，耳邊好像還響起一些奇怪的聲音。嘎啦嘎啦嘎啦嘎啦。什麼也管不了了現在。

「阮哰哈啦，啊當嘎殺。」阿序對著手機說道。

「等一下我們會先關閉直播，等到接近十二點的時候……」

門外傳來巨大拍門聲。從遠到近，接著同時，所有地方都開始傳來劇烈拍擊聲。天仁鏡頭轉往門。門被拍擊得如同要被破門而入。

阿序走往門處，緩緩打開門，天仁拿著手機緊隨其後。

打開門，一個人也沒有。

走回房內，看見老師仔對著自己這邊揮手。

「阮哞哈啦，啊當嘎殺。」阿序唸道。

「老師仔是不是……在叫我們？」天仁問道。

「但是他不是說要我們不要出去？」

「靠北，你快看。」

老師仔抓著自己的脖子，距離太遠了，只能看見他還奮力掙扎著揮手。

快來，快來，快點過來。

好似一陣陣的召喚一樣。

兩人往外跑。

不是兩人真正的意志，就像是必然的結果一樣。跑，必須往那邊跑。老師仔還努力揮舞著雙手，

嘴裡艱苦地發出聲音，來，嘍來，嘍……

兩人已經跑下了樓梯。兩人走了很久，明明只有三層的樓梯，卻像十幾層一樣，兩人氣喘吁吁

才驚覺有些不對。

天仁停下腳步，真的不行了。阿序在前方繼續跑著，過了一會兒後面傳來腳步聲。天仁轉過頭。

「你為什麼？」阿序看著天仁。

此時，下方也傳來腳步聲。

阿序走回來，看著天仁。

「天仁，來啊。」

來啊。

天仁頭皮發麻，抓著上面的阿序就開始跑。

推開樓梯逃生門，突然停下腳步。

這是，房間外面。剛才不是在樓梯嗎？回頭看去，後面確實是房間。

阿序與天仁面面相覷。

兩人衝出房門，往老師仔的地方跑去。

老師仔拚命搖頭，可惜兩人看不見。最後，老師仔跪倒在地。

度假村陷入一片黑暗，所有的光、所有的顏色與聲音都消失了，唯有那個讓人發寒的管家站在門邊，手電筒的燈光一掃，兩人都忍不住嚇了一跳。那慘白的臉帶著笑，雙目流淚整個人卻僵直不動，或者已經不是活著的了。

手忙腳亂拿出手電筒往老師仔的祭壇處狂奔，一直跑到老師仔的跟前。老師仔跪在地上，扇子拄地，呈現扭曲的肢體。

老師仔一動也不動，直到兩人緩慢地靠近，才漸漸轉過身來。

臉頰兩側，有一雙慘白的手正緊緊攫住他的臉，往兩旁扯。

血肉模糊，老師仔還掙扎著用盡最後的力氣。

「嘍來……」老師仔顫抖著。

但此刻已然來不及了。

兩人拔腿狂奔，想離開這個地方，燭火滅了。

遠方傳來男子的嘶叫聲，片刻後，度假村重新恢復光明。

喘氣聲。

天仁停下腳步，阿序在前方催促著：「快點，不要停下來，再撐一下。」

天仁搖頭。

「車子就在前面了，快點！」阿序大喊。

天仁搖頭，一臉驚恐，帶著悲傷。

臉旁，一隻手慢慢從耳朵旁邊伸出來，輕柔地撫摸著他的臉龐。

天仁渾身發抖，極力讓自己不要轉過頭去。

「阿序……」發抖的聲音。

快走。快走。

天仁在阿序的面前不知道被什麼東西拉走。就像彈索扯著天仁的後背一樣。

「走！」

到最後，天仁只留下這一個字。

阿序轉身就跑。

努力地跑，就像沒有明天一樣跑。

不知道被什麼絆倒了。阿序下巴磕在地上，左手不受控制被抓起來，手裡的那個護身符，娟娟的護身符，此時已經碎爛。

「阢哶哈啦，啊當嘎殺。」

阿序掙扎地唸著，試圖拯救自己。

「阢哶哈啦，啊當嘎殺。」

右手也被舉起來了。

手慢慢探向自己的臉。

抓著。用力一扯。

阢哶哈啦。

啊當嘎殺。

為什麼沒用？阢哞哈……嘎殺……

啃咬著。

阿序啃著自己的胳膊，然後是手指，肩膀。脖子扭曲成人類沒辦法做到的姿勢，至少活著的人沒辦法。

●●

地上的手機被撿起來了。

那雙鞋子有點可愛，粉紅色的，上面有個蝴蝶結。

隨著腳步的踩動，鞋跟會一亮一亮。

「哥哥，你來了。」

媛媛拿著娃娃站在阿序身體前面。娃娃已經破敗不堪，如同這麼多年的痕跡短短時間就回到了這娃娃的身上。

「我來了。」媛媛說。

••

輪椅詭異的前後搖動，如同有人在推，但上面一個人也沒有。

瑪菲司在樓梯上，眼睛看著前方。前方什麼也沒有，就是一扇敞開的房門。

那是阿序的房間。

瑪菲司笑著，嘴裡隱約無牙。落淚。

輪椅停止。

瑪菲司再也不動了。

儂萊度假村後續報導

網路亂象頻傳，先前在網路上喧騰一時的「鬼屋探險」事件，造成三人死亡、兩名網友失蹤。據傳為其中一個死者在網路發起探險活動，地點選擇即將開幕的度假村。

網友沉迷於某種刺激的探險，這一次，卻把自己的小命都給玩掉了。

吳姓死者在網路上宣傳並且邀請網友參與探險直播，與同夥陳姓少年在度假村不幸發生意外。據警方指出，兩人疑似從高處墜地，面部受創嚴重，到院前已無呼吸心跳。同時度假村內，還有另外一名死者胡姓老翁，疑為兩人請來作法的傳統民俗相關人員。網路上曾經參與的網友指出，到了現場發現胡姓老翁面部有嚴重創傷，警方表明為夏日炎熱，遭到蟲類咬蝕，死因經法醫確認為心肌梗塞。度假村的管家則下落不明。

全案由警方展開調查，後續再為您追蹤。

【新書對談】

《小說，以及它所召喚的——談《嘎啦》及《髒東西》的產生》

姜泰宇 X 陳栢青

2024／07／13（六）

時間｜15:00-16:00

地點｜誠品書店新店 4樓光合廣場（新北市新店區中興路三段70號）

洽詢電話：(02)2749-4988

*免費入場，座位有限

國家圖書館預行編目資料

嘎啦／姜泰宇（敷米漿）著.──初版.──臺北市；寶瓶文化事業股份有限公司,2024.06
面；　公分,──（Island；334）
ISBN 978-986-406-419-9（平裝）

863.57　　113007600

Island 334

嘎啦

作者／姜泰宇（敷米漿）

發行人／張寶琴
社長兼總編輯／朱亞君
副總編輯／張純玲
主編／丁慧瑋　編輯／林婕伃・李祉萱
美術主編／林慧雯
校對／張純玲・陳佩伶・劉素芬・姜泰宇
營銷部主任／林歆婕　業務專員／林裕翔　企劃專員／顏靖玟
財務／莊玉萍
出版者／寶瓶文化事業股份有限公司
地址／台北市110信義區基隆路一段180號8樓
電話／(02)27494988 傳真／(02)27495072
郵政劃撥／19446403 寶瓶文化事業股份有限公司
印刷廠／世和印製企業有限公司
總經銷／大和書報圖書股份有限公司　電話／(02)89902588
地址／新北市新莊區五工五路2號　傳真／(02)22997900
E-mail／aquarius@udngroup.com
版權所有・翻印必究
法律顧問／理律法律事務所陳長文律師、蔣大中律師
如有破損或裝訂錯誤，請寄回本公司更換
著作完成日期／二〇二四年四月
初版二刷日期／二〇二四年六月二十五日
ISBN／978-986-406-419-9
定價／三七〇元
Copyright©2024 by Chiang Tai Yu
Published by Aquarius Publishing Co., Ltd.
All Rights Reserved
Printed in Taiwan.
本書獲國家文化藝術基金會創作補助。

寶瓶文化·愛書人卡

感謝您熱心的為我們填寫，對您的意見，我們會認真的加以參考，
希望寶瓶文化推出的每一本書，都能得到您的肯定與永遠的支持。

系列：Island 334　書名：嘎啦

1. 姓名：＿＿＿＿＿＿＿＿＿＿　性別：□男　□女

2. 生日：＿＿＿年＿＿＿月＿＿＿日

3. 教育程度：□大學以上　□大學　□專科　□高中、高職　□高中職以下

4. 職業：＿＿＿＿＿＿＿＿

5. 聯絡地址：＿＿＿＿＿＿＿＿＿＿＿＿＿＿＿＿＿＿＿＿

聯絡電話：＿＿＿＿＿＿＿＿＿＿＿＿＿

6. E-mail信箱：＿＿＿＿＿＿＿＿＿＿＿＿＿

□同意　□不同意　免費獲得寶瓶文化叢書訊息

7. 購買日期：＿＿＿年＿＿＿月＿＿＿日

8. 您得知本書的管道：□報紙／雜誌　□電視／電台　□親友介紹　□逛書店
□網路　□傳單／海報　□廣告　□瓶中書電子報　□其他

9. 您在哪裡買到本書：□書店，店名＿＿＿＿＿＿＿＿＿＿＿　□劃撥
□現場活動　□贈書
□網路購書，網站名稱：＿＿＿＿＿＿＿＿＿　□其他＿＿＿＿＿＿＿＿

10. 對本書的建議：＿＿＿＿＿＿＿＿＿＿＿＿＿＿＿＿＿＿＿＿＿＿

＿＿＿＿＿＿＿＿＿＿＿＿＿＿＿＿＿＿＿＿＿＿＿＿＿＿＿＿＿＿

＿＿＿＿＿＿＿＿＿＿＿＿＿＿＿＿＿＿＿＿＿＿＿＿＿＿＿＿＿＿

＿＿＿＿＿＿＿＿＿＿＿＿＿＿＿＿＿＿＿＿＿＿＿＿＿＿＿＿＿＿

11.希望我們未來出版哪一類的書籍：

（請沿此虛線剪下）

亦可用線上表單。

讓文字與書寫的聲音大鳴大放

寶瓶文化事業股份有限公司

廣　告　回　函
北區郵政管理局登記
證北台字15345號
免貼郵票

寶瓶文化事業股份有限公司收

110台北市信義區基隆路一段180號8樓

8F,180 KEELUNG RD.,SEC.1,

TAIPEI.(110)TAIWAN R.O.C.

（請沿虛線對折後寄回，或傳真至02-27495072。謝謝）